STANLEY PÉAN

Né à Port-au-Prince (Haïti) en 1966, Stanley Péan a grandi à Jonquière où sa famille s'est installée la même année. Après avoir tâté du théâtre et des variétés (au sein du Groupe Sanguin), il entreprend en 1984 des études en littérature à l'Université Laval et commence à publier ses premières nouvelles dans diverses revues littéraires du Québec et d'ailleurs, notamment *STOP* dont il deviendra l'un des animateurs. Son premier recueil, *La plage des songes* (1988), est suivi d'un roman, *Le tumulte de mon sang* (1991), favorablement accueilli par la critique. Vient ensuite un deuxième recueil de nouvelles, *Sombres allées* (1992), puis un autre roman, *Zombi Blues* (1996), qui remporte un grand succès populaire. Chroniqueur littéraire et musical à ses heures, Stanley Péan est également l'auteur de nombreuses œuvres de fiction destinées aux jeunes.

LA PLAGE DES SONGES

Une bibliothécaire se lie avec un gamin qui possède le pouvoir de faire émerger de sa mémoire des objets, des spectres et des décors qu'elle croyait à jamais disparus. Un couple trouve sur le pas de sa porte un coffret magique qui permet de réaliser ses rêves les plus fous, mais à quel prix ? Un mari inquiet s'éveille en pleine nuit avec la certitude de partager son lit avec une morte-vivante. Revenue en Haïti après des années, une femme désabusée recueille l'unique survivant du naufrage d'un radeau, tourmenté par les voix de ses compagnons noyés. Livrés aux caprices de forces surnaturelles, les personnages des nouvelles de *La plage des songes* sont happés par leurs souvenirs tour à tour tendres ou cauchemardesques d'une île natale qui ne les a jamais quittés. Empruntant à la fois au « réalisme merveilleux » et au fantastique moderne, Stanley Péan explore ces zones troubles de l'imaginaire où s'affrontent lumière et ténèbres, romantisme et lucidité, fantaisie et terreur.

Y0-BQE-918

La plage des songes
et autres récits d'exil

Stanley Péan

La plage des songes et autres récits d'exil

Nouvelle
édition

BIBLIOTHÈQUE QUÉBÉCOISE est une société d'édition administrée conjointement par les Éditions Fides, les Éditions Hurtubise HMH et Leméac Éditeur. Bibliothèque québécoise remercie le ministère du Patrimoine canadien du soutien qui lui est accordé dans le cadre du Programme d'aide au développement de l'industrie de l'édition. BQ remercie également le Conseil des Arts du Canada et la Société de développement des entreprises culturelles du Québec (SODEC).

Couverture :
Gianni Caccia

Typographie et montage :
Dürer *et al.* (MONTRÉAL)

Données de catalogage avant publication (Canada)

Péan, Stanley, 1966-
La plage des songes et autres récits d'exil

Éd. originale : Montréal, Éditions du CIDIHCA, 1988.
Comprend des réf. bibliogr.

ISBN 2-89406-151-X

I. Titre.

PS8581.E24P42 1998   C843'.54   C98-940833-7
PS9581.E24P42 1998   PQ3919.2.P42P42 1998

Dépôt légal : 3ᵉ trimestre 1998
Bibliothèque nationale du Québec

pou Mèt Mo,
m'sonje'w

Au bout du petit matin, sur cette plus fragile épaisseur de terre que dépasse de façon humiliante son grandiose avenir — les volcans éclateront, l'eau nue emportera les taches mûres du soleil, et il ne restera plus qu'un bouillonnement tiède picoré d'oiseaux marins — la plage des songes et l'insensé réveil.

Aimé CÉSAIRE,
Cahier d'un retour au pays natal

La plage des songes

à Élaine Lacroix

Hier soir, j'ai revu le petit Christian Marcellin pour la première fois depuis sa mort, il y a bientôt quinze ans. Longtemps, j'avais redouté que de telles retrouvailles nous soient à tous deux extrêmement douloureuses. Grâce à Dieu, j'avais tort !

De passage dans la région pour la tournée nationale de l'exposition itinérante *Autres Horizons*, il m'avait réservé une soirée. Et puisque, contrairement aux Michel ou Pierre Tremblay, on ne trouve pas des tonnes d'Évelyne Lhérisson dans l'annuaire téléphonique du Saguenay-Lac Saint-Jean, Christian n'avait pas eu de peine à me retracer. Comme convenu, je suis passée le prendre à sept heures et après un rapide *vire-tounen** à la galerie où étaient exposées ses magnifiques toiles, j'ai proposé un tête-à-tête au restaurant créole que venait d'ouvrir mon frère Edgard dans le centre-ville de Chicoutimi.

Curieux, cette manie que j'ai de m'accrocher aux visages du souvenir et de presque m'attendre à ce qu'ils demeurent intouchés par le passage des ans. Bien sûr, j'avais reconnu au premier coup d'œil mon petit Christian

---

* Aller-retour.

que j'avais chéri comme la chair de ma chair. Cependant, il m'avait fallu admettre que l'élégant jeune noir qui soupait avec moi n'était plus ni petit, ni mien. Le temps s'était montré généreux avec lui. Il ne ressemblait en rien à un ; il avait au contraire tout du célèbre et prospère artiste peintre qu'il était devenu. Son visage de caramel, j'avais beau le regarder sous tous les angles imaginables, ne portait plus la moindre trace ou cicatrice de cette nuit fatidique, il y a presque une vie…

Le tout me revint entre une bouchée de chiquetaille de morue particulièrement pimentée, un sourire de mon vis-à-vis et une gorgée de Cola Couronne. À l'époque, j'étais un peu plus jeune et évidemment beaucoup plus naïve ; une Haïtienne immigrée au Québec depuis quelques années à peine et pas tout à fait adaptée à la vie en Amérique du Nord. Quant à Christian, il n'était encore qu'un gosse de sept ans, solitaire et secret, qui vivait de rêve et de merveilleux…

Un petit magicien qui hélas devait mourir à la tombée du rideau.

Qui devait mourir un peu par ma faute.

*
*   *

C'est par un de ces après-midi d'or et d'azur comme les octobres saguenéens n'en offrent pas très souvent que je le rencontrai pour la première fois. Je travaillais depuis peu comme assistante-bibliothécaire à l'école primaire qu'il fréquentait. Ce vendredi-là, je venais tout juste de fermer lorsque j'entendis des cris dans la cour de récréation. Reconnaissant immédiatement l'accent du Cap Haïtien, je me précipitai pour voir…

Ils étaient peut-être une dizaine, autant de garçons que de filles, trop affairés à tenter de maîtriser le petit pour constater mon arrivée. Christian luttait comme un déchaîné, mais c'était au-delà de ses forces. Déjà, le chef de la bande, un certain Marco Boucher, approchait un tampon de laine d'acier de son visage brun.

— Arrête de grouiller, maudit. On veut juste voir si ça part au frottage !

— Pourquoi ne pas l'essayer sur moi ? suggérai-je. Après tout, je suis plus noire que lui.

Cette seule intervention suffit à les disperser comme des *ravèt* * surpris dans la cuisine en pleine nuit par l'éclat d'une lampe.

Le petit gisait par terre sur le dos, les vêtements déchirés et couverts de poussière. Il n'était pas blessé, mais sanglotait quand même. Il ne comprenait pas vraiment l'attitude des autres à son égard, n'avait pas encore appris. Je l'aidai à se relever et à s'épousseter. Confus et honteux, il renifla pour calmer son hoquet et essuya du revers de la main son nez qui coulait. Il n'était pas d'une beauté exceptionnelle et pourtant, dès ce premier échange de regards, je sentis qu'il avait un je-ne-sais-quoi de différent.

— Je m'appelle Christian. Christian Marcellin.

— Et moi, Évelyne Lhérisson.

Nous nous serrâmes la main en souriant et je lui tendis un kleenex afin qu'il s'essuie le nez convenablement. Puis, un coup d'œil sur ses vêtements en piteux état et voilà que s'estompait son sourire.

— Papa sera pas content quand il va voir ça...

_____

* Cafards, cancrelats.

Je ne pus m'empêcher de glousser à son inquiétude. Elle éveillait en moi des souvenirs de ma propre enfance à Port-au-Prince ; de mon frère Edgard-la-bagarre qui tous les après-midi se faisait un devoir de rentrer de l'école en retard, les vêtements en lambeaux — ce qui lui valait invariablement une fessée de notre père. Mais il n'y avait pas de quoi se moquer, me fit comprendre le petit Christian d'un regard plein de reproche.

— Écoute, si tu veux, je te raccompagne chez toi, proposai-je pour racheter ma bévue. Je pourrais expliquer à ton père.

— Oh, vous feriez ça, madame ?

— Bien sûr, répondis-je. À quoi servent les amis ?

Car nous étions déjà des amis, nous le savions tous les deux. Un nouveau sourire illumina ses traits et, encore, je m'efforçai de cerner ce qui rendait ce visage, ce regard si particuliers. « Appelle-moi donc Évelyne. *Madame* me donne l'impression d'avoir soixante-dix ans dépassés ! »

Ainsi, nous nous engageâmes sur le chemin de son domicile, pas trop vite, en prenant le temps de faire plus ample connaissance. Et ce n'est qu'au bout d'une bonne dizaine de minutes que j'eus enfin conscience de ce que son regard avait de si singulier :

Christian Marcellin avait les yeux bleus.

*
* *

À la vue de son fils, Alceste Marcellin eut exactement la réaction anticipée. Entre deux jurons, il resservit au petit la même douloureuse question : *que diable leur avait-il fait pour les rendre si furieux après lui ?* Je m'empressai de dire que le gamin n'y était pour rien et de tout raconter en détail. Avec un soupir, Alceste envoya son fils à la salle de bains, pour se laver et se changer avant que sa femme revienne. Seulement alors il daigna porter attention à moi. Il me remercia d'avoir raccompagné Christian et me demanda mon nom.

— Lhérisson ? J'ai connu une famille Lhérisson, autrefois. Vous êtes haïtienne ? Du Cap ?

— Non, de Port-au-Prince. Mon père est capois.

Tout comme M. Marcellin, apparemment. Il me demanda donc qui était mon père et s'il n'était pas par hasard apparenté à cet Aristide Lhérisson auquel avait appartenu le *barbershop* à l'angle des rues 10 et Espagnole. Je dus lui avouer que je n'en avais aucune idée. Conversation on ne peut plus haïtienne : en règle générale, on n'existe jamais en tant que soi-même aux yeux d'un Haïtien, toujours en tant que nièce, fille ou cousine d'Un-tel. Alceste Marcellin était par ailleurs typique d'une certaine classe d'intellectuels haïtiens. Professeur d'histoire du Québec, il cultivait un accent français qui masquait mal son intonation chantante d'Antillais, avait tendance à vous regarder par-dessus ses lunettes et, comme tout bon petit-bourgeois, peu importe la nationalité, nourrissait des espoirs de voir son fils devenir médecin.

Élisabeth Marcellin revint de ses courses quelques minutes après. C'était une Québécoise de haute taille, élégante et sophistiquée, aux cheveux châtains et aux yeux pers. Le fait qu'elle fût blanche n'aurait pourtant pas dû m'étonner : voilà qui expliquait la couleur des yeux de Christian. Mais non : Alceste l'avait épousée en secondes noces, quelques années après le décès de la véritable mère de l'enfant, une Haïtienne.

Après une brève explication de l'incident, elle me remercia à son tour et m'invita à rester souper avec eux.

Malgré l'insistance de Christian, je dus décliner l'offre ; je ne voulais pas m'imposer et puis, j'avais déjà accepté une autre invitation. Une prochaine fois, peut-être, lançai-je avant de m'éclipser, sans savoir qu'elle viendrait bien plus vite que je ne l'avais imaginé.

*

* *

Fabienne, la copine d'Edgard, avait servi du riz aux crevettes et du *lambi* * à saveur d'une Haïti que nous refusions de perdre. Nous dînâmes tous trois dans une atmosphère épicée par les plus récents *zen* ** sur la diaspora et les dernières nouvelles du pays. Je soupais souvent chez mon frère ; nous nous entendions à merveille, ce qui, contrairement à ce que l'on pourrait croire, n'est pas la norme entre frères et sœurs. Mais justement, nous étions plus que cela : des confidents, de véritables amis. C'était grâce à Edgard que j'avais pu venir étudier au Canada ; en retour, je lui avais présenté Fabienne…

Au salon, un verre d'anisette à la main, nous en vînmes à discuter du petit Christian et de ses parents.

— *Hò-hò ? Pa di'm se Msye Oreo ?* *** dit mon frère avec une pointe de sarcasme.

Fabienne et lui s'esclaffèrent en chœur. Je les regardai tous deux sans comprendre. « Un Nègre qui épouse une Blanche, qui ne fréquente que des Blancs, qui s'évertue à parler comme les Blancs et considère avec condes-

---

* Conque marine.
** Commérages.
*** « Ne me dites pas que c'est Monsieur Oréo ? »

16

cendance tout ce qui n'est pas blanc, reprit Edgard, ce Nègre-là a tout fait pour mériter son surnom : *Msye Oreo !* »

— Eddie ! Tu ne changeras donc jamais ! Ce que tu faisais avec tes poings à l'époque, voilà que tu le fais avec ta langue.

Après une longue digression sur les diverses médisances que mon frère se plaisait à répandre, Fabienne et moi en arrivâmes à la conclusion qu'Edgard souffrait de sarcasme terminal. Ne trouvant pas l'audace de le nier, mon frère se leva et alla se poster derrière sa compagne, sourire aux lèvres.

— Mais nous parlions d'enfant, si je me souviens bien, dit-il en posant les mains sur les épaules de Fabienne. Et justement à ce sujet…

— …que dirais-tu de devenir marraine ?

Elle aurait pu croire que c'était la surprise et rien d'autre qui m'avait fait lâcher mon verre de digestif ; à l'attitude d'Edgard, elle dut comprendre qu'il y avait autre chose, mais n'insista pas. S'il fallait croire l'expression sur son visage, Edgard ne lui avait jamais rien dit. Tandis qu'il épongeait le tapis, je priai Fabienne d'excuser ma maladresse tout en lui assurant que bien sûr ça me ferait plaisir de baptiser leur bébé.

Le reste de la soirée se déroula dans le silence plat d'un vieux film de Bergman à la télé, silence ponctué par une occasionnelle grivoiserie d'Edgard. Lorsque vers minuit je me surpris à bâiller, j'acceptai volontiers la *roulib** que m'offrait mon frère.

---

* Offrir une *roulib* à quelqu'un : le reconduire quelque part.

Arrivée chez moi, je grimaçai un sourire et tendis la joue gauche pour recevoir la bise d'Edgard, mais il me saisit l'avant-bras.

— *M'pat di'w anyen taleu'a, me sa ou genyen ?**

— Rien, tout va bien, hésitai-je vainement ; je n'avais jamais su mentir à mon frère.

Il me relâcha et regarda droit devant lui un petit moment avant de lancer :

— C'est à cause du bébé, n'est-ce pas ?

Je détournai le regard ; je n'avais pas envie d'en parler. Même après tous ces mois, ça faisait encore très mal d'y penser. « Je me rappelle une poupée de chiffon que tu avais quand tu étais petite, reprit mon frère. Cette poupée, tu l'aimais plus que tout ; tu ne faisais pas un pas sans elle. Un jour, nous nous baignions à Montrouis, une vague t'a fait perdre l'équilibre et tu as échappé ta poupée dans la mer... Tu t'es alors mise à hurler pour la ravoir, mais la mer n'écoutait pas et, pour mettre fin à tes pleurs, Maman t'a dit que ta poupée était allée faire un tour chez elle, aux États-Unis, mais qu'elle reviendrait avant longtemps. Et pendant des semaines, tu es retournée à la plage tous les jours pour surveiller la mer. Tous les jours jusqu'à ce que tu t'aperçoives que rien, ni tes larmes ni tes prières, ne ramènerait ta poupée... »

— Je suis très fatiguée, Eddie, dis-je en ouvrant la portière.

---

* « Je n'ai rien dit tantôt, mais qu'y a-t-il ? »

— Tu ne pourras pas passer ta vie à remâcher des remords, Évelyne. Ce qui est fait est fait, il n'y avait pas d'autre alternative…

— Je n'ai pas besoin de sermons, Edgard, soupirai-je en posant un pied sur le trottoir. Juste de sommeil.

Je refermai la portière, doucement. Mon frère passa la tête par la vitre ouverte.

— Ce n'est pas un péché d'oublier, Évelyne. Parfois, c'est même une bénédiction…

— J'essaierai, Edgard, dis-je en tournant les talons.

— N'essaie pas ; fais-le ! rétorqua sa voix, déjà loin derrière moi, tandis que la lourde porte vitrée se refermait.

L'ascenseur était en panne, comme de raison. En gravissant les marches, j'eus toute la difficulté du monde à évacuer de mon esprit l'image de la vieille poupée de chiffon.

Je faillis mourir de saisissement à la vue du petit Marcellin sur le pas de ma porte. Vêtu d'un pyjama à l'emblème des Canadiens de Montréal, Christian était assis devant une grande feuille de bristol ; marqueurs de couleur en main, il s'affairait à son œuvre avec toute sa concentration d'enfant de sept ans.

— Christian ! Qu'est-ce que tu fais ici ?

— Je dessine, répondit-il le plus naturellement du monde, sans même lever les yeux vers moi.

À mon approche, il plaqua le dessin contre sa poitrine. « Pas tout de suite, j'ai pas fini. C'est une surprise. »

J'ouvris ma porte et filai droit vers le téléphone du salon. Ses parents devaient être morts d'inquiétude. « Attends un peu, protesta-t-il. J'ai presque fini. »

J'hésitai brièvement ; pour lui comme pour moi, il valait mieux téléphoner au plus tôt. Mon doigt remontait le long de la colonne des Martel lorsqu'une voix de femme m'arracha aux pages du bottin.

— Christian ? Qu'est-ce que tu fais, mon chou ?

Stupéfiée, je fis du regard le tour de mon appartement. Il n'y avait personne à part le petit et moi et pourtant, j'entendais la voix d'Élisabeth Marcellin aussi clairement que si elle avait été assise à mes côtés.

— Christian, avec qui es-tu ? s'enquit à son tour Alceste Marcellin, lui aussi invisible. J'entends parler dans ta chambre…

— C'est rien, papa, dit Christian. Juste ma radio.

— Éteins-la tout de suite, ordonna la voix de son père, en provenance… de mon plafond ? du fond de la salle ? du bout du couloir de l'étage ? je n'arrivais pas à cerner la provenance de l'écho. On t'a envoyé dans ton lit pour dormir.

— Oui, papa, acquiesça l'enfant avant de faire hâtivement les dernières retouches à son dessin.

Il marcha vers moi sur la pointe des pieds, me remit l'œuvre achevée et, les yeux bleus pétillant de satisfaction, il murmura : « Tiens ; pour te remercier pour cet après-midi. » J'acceptai son cadeau en hochant bêtement la tête et, presque hypnotisée, je le regardai reculer lentement vers la porte grande ouverte. « Il faut que je parte, maintenant. Bonne nuit. »

Je baissai les yeux vers la feuille de bristol que j'avais laissée tomber et un nouveau coup de stupeur me secoua de ma transe. Le dessin reproduisait, avec une technique et une exactitude incroyables pour un enfant de cet âge, une plage que je reconnus instantanément. Ce soleil, ces palmiers, ce sable doré, ces vagues turquoises qui avaient fait les joies de mon enfance. Et aussi cette figure qui émergeait des eaux vers la plage. On aurait dit… *une poupée de chiffon.*

Je bondis à la poursuite de Christian, mais ne trouvai trace de lui ni dans le couloir, ni dans l'escalier, nulle part. Frissonnante, je réintégrai mon appartement, verrouillai à double tour et revins vers le téléphone, déterminée à appeler chez les Marcellin pour en avoir le cœur net.

Alors je réalisai que le dessin s'était volatilisé.

*

* *

Je ne cherchai pas à revoir Christian avant le jeudi suivant. J'avais ma propre vie, après tout ; un emploi, des factures à payer, des courses à faire, des silences à habiter… Trêve de prétextes : j'avais surtout un peu peur du petit. Le souvenir de la nuit du vendredi précédent suffisait à me donner la chair de poule. Avais-je rêvé ? Je n'en avais alors pas la moindre idée, mais je m'aperçus assez vite que même mes appréhensions ne pouvaient me tenir loin de Christian bien longtemps.

Je téléphonai chez lui pour lui demander s'il lui plairait de m'accompagner à Montréal pour le week-end et pour demander à ses parents la permission de l'emmener. Le père sembla un peu réticent et je n'avais aucune peine à imaginer son regard plein de soupçon. Je lui exposai les détails du projet : puisque vendredi était congé pour les élèves du primaire, Christian et moi partirions le jeudi par l'autobus de six heures, séjournerions chez une tante à moi et enfin, nous reviendrions le dimanche soir vers huit heures. Il hésita, promit de me rappeler après y avoir réfléchi, mais avant qu'il n'ait raccroché, sa femme intervint. Je n'entendis pas clairement ce qui se disait. Au bout de quelques minutes, elle prit le téléphone et approuva mon projet, ravie de cette belle occasion de voir du pays que j'offrais à Christian.

Je passai donc le chercher le jeudi après le souper. Assis sur sa petite valise, il m'attendait dans le vestibule, le visage illuminé par un enthousiasme qui n'avait d'égal que la méfiance de son père. Tandis que Mme Marcellin me confiait les médicaments pour les allergies du petit, son mari me regardait par-dessus la monture de ses lunettes ; visiblement, l'idée de laisser partir son fils unique avec une femme qu'il connaissait depuis tout juste une semaine ne le séduisait guère. *Et le pire, c'est que cette inconnue soit une Noire, n'est-ce pas, Msye Oreo ?* songeai-je, injustement méchante. Alceste Marcellin ne dit mot et bientôt, Christian et moi nous retrouvâmes à bord de l'autobus filant droit vers la métropole.

Le petit dormait depuis peu lorsque nous arrivâmes au terminus. Il était si beau ainsi que je n'eus pas le courage de le réveiller. Délicatement, je le soulevai et fus prise d'une soudaine ivresse, comme si un frisson électrique émanant de ce petit corps fragile collé à ma poitrine fourmillait dans mes veines.

Cela dura jusqu'à ce que je le redépose sur la banquette arrière de la voiture de mon cousin Tony que Tante Géralda avait envoyé me cueillir à la gare.

— *Hò-hò !* s'étonna celui-ci à la vue de Christian. *Apa ou te gen tan fè yon pitit san yo pa janm di'm sa ?* *

— Ce n'est pas mon enfant, répondis-je distraitement, en passant la main sur la joue de Christian et en souhaitant presque qu'il en eût été autrement.

---

* « Comment ? On ne m'avait jamais dit que tu avais un petit ! »

*
* *

Nous passâmes la matinée du vendredi à magasiner en compagnie de Tante Géralda qui ne tarda pas à s'éprendre de Christian elle aussi. Ensemble, nous remontâmes la rue Saint-Laurent, en quête de *bannann*, *djon-djon*, *ekrevis*, *kalalou*, *pwatann* * et autres ingrédients nécessaires à la préparation du festin que ma tante destinait à « sa nièce et son charmant protégé ».

Et pendant tout l'après-midi, je tins la main du petit et l'emmenai se baigner dans la mer de mes souvenirs. J'évoquai les noms de Toussaint Louverture, de Dessalines, du roi Christophe, des Duvalier, héros et vilains qui faisaient tous partie de notre héritage. Je lui parlai des grotesques personnages qui inondaient nos rues surchauffées par les midis de carnaval et qui faisaient fuir les enfants amusés et effrayés à coups de fouet ; je parlai de ces bruits mystérieux qui résonnaient par-delà les mornes les soirs de lune pleine et ensanglantée où les *bòkò* ** brassaient dans leurs marmites gris-gris et mauvais sorts.

Mais surtout, je lui transmis tout mon amour pour ce peuple, le nôtre, bafoué mais fier, qu'il fallait apprendre à aimer en dépit de tous ses défauts.

Lorsque je m'interrompis, hors d'haleine, le cœur embrasé, je me rendis compte avec un soupçon de surprise que Christian avait nagé à ma suite à travers les vagues de ma mémoire. Fasciné, accroché à mes paroles, sans en perdre une seule.

------

* Bananes-plantain, champignons séchés, crevettes, gombo et haricots verts.

** Sorcier *vodou*, par opposition au *houngan* (prêtre).

Rêveuse, je baissai la tête vers ma *krèm korosòl* *
qui fondait. À la cuisine, ma tante avait déjà commencé la
vaisselle, mais le chuintement de l'eau du robinet ne
noyait pas la musique qui jouait à la radio : *Tabou
Combo* **. Presque inconsciemment, je me mis à marquer
la mesure en frappant ma cuiller sur le bord de ma coupe
à dessert.

— Évelyne ?

L'anxiété avait terni l'émerveillement qui animait
plus tôt son regard. « Évelyne, est-ce que tu es encore
haïtienne, toi ? Je veux dire, même si tu vis ici maintenant ? »

Je répondis par l'affirmative, malgré une petite hésitation bien involontaire. Christian soupira avant d'enchaî-
ner : « Parce que Papa, lui, il dit qu'il n'est plus un Haïtien, qu'il est québécois, comme Maman et comme moi
aussi... Mais les autres à l'école, bégayait Christian,
Marco Boucher et ses copains, ils disent que je suis pas un
vrai Québécois comme eux autres... Ils disent que je suis
juste un *Chinois de rubber*... »

En moi-même, je maudis cent fois *Msye Oreo* pour
son attitude de colonisé ; je voyais les larmes que le petit
réprimait douloureusement. Je tendis la main vers sa joue,
mais il esquiva ma caresse. « Et puis, ils veulent tout le
temps me faire mal, pourquoi ? sanglota-t-il. Je ne leur ai
jamais rien fait, moi, je le jure ! Pourquoi ils veulent tout
le temps me faire mal ? »

Je passai tendrement ma main sur ses cheveux crépus et il vint se blottir au creux de mes bras. J'aurais pu
tenter de lui expliquer que leur méchanceté envers lui

---

* Crème de corossol.
** Célèbre orchestre populaire haïtien.

n'avait pas vraiment de motifs, qu'elle ne venait en fait même pas d'eux mais plutôt de leurs parents et de leurs grands-parents avant eux qui leur avaient transmis ce mépris du différent, de l'étranger.

Je n'en fis rien. À la place, je me bornai à bercer ses pleurs en lui racontant l'histoire de *Kompè Makak* et de *Kompè Chien*.

— Voilà : une fois, *Kompè Chien,* qui mourait d'envie de se bagarrer, rencontra *Kompè Makak* et se mit en tête de le provoquer. Il fit donc exprès de lui piétiner le pied puis s'excusa, railleur. « Mais non, il n'y a pas de quoi t'excuser, répondit *Kompè Makak.* Tu ne m'as même pas piétiné. » Puis le singe continua son chemin. *Kompè Chien* le rattrapa en deux bonds, lui piétina le pied à nouveau et s'excusa ensuite, sans sincérité. « Mais non, mais non, tu ne m'as pas piétiné », lui assura encore *Kompè Makak*, bon joueur, avant de reprendre sa route comme si de rien n'était. Et une troisième, puis une quatrième fois, le même manège. Exaspéré, *Kompè Chien* piétina encore *Kompè Makak*, mais comme le singe continuait à soutenir que le chien ne l'avait pas piétiné, *Kompè Chien* grogna : « Oui, je t'ai piétiné et tu le sais très bien, macaque ! Et maintenant, je vais te rosser pour avoir voulu me mentir ! »

À ce moment, Tante Géralda me fit remarquer en silence que le petit s'était endormi dans mes bras. Je me levai et le portai jusqu'à la chambre d'ami que nous partagions pour la durée de la visite, poursuivant intérieurement mon propos. *Tu vois, mon amour ; il y a des malheureux qui se feront toujours rosser, d'une manière ou d'une autre, peu importe la raison. Ce n'est pas amusant, ce n'est même pas juste… Mais c'est la vie. Et il faut apprendre à composer avec…*

« Évelyne ! »

L'haleine salée de la mer vint m'arracher des abysses d'un rêve en deuil de lumière et de couleur. J'étais étendue sur le lit de la chambre d'ami, chez Tante Géralda — je le savais. Et pourtant, ce décor imprécis qui s'esquissait graduellement autour de moi, grève blonde, soleil en reliefs ardents et ciel fondu à l'horizon d'une mer turquoise… Je me serais presque crue à… Montrouis ?

— Évelyne, attrape ! me criait Christian du haut d'un cocotier en larguant vers moi une de ces délectables bombes à saveur de mon enfance.

Je rêvais sûrement. Je ne pouvais pas vraiment être là…

— On est bien ici tous les deux, s'exclama le gamin, sautant de l'arbre pour atterrir à mes côtés, agile petit macaque. Et pour aussi longtemps qu'on le voudra !

Je laissai tomber la noix de coco. Des images désarticulées virevoltaient au sein des nuages éparpillés dans le ciel tels des torchons sales ; les visages de Tante Géralda, de Tony, d'Edgard et de Fabienne. D'Alceste et d'Élisabeth Marcellin, aussi. La façade rembrunie de la petite école. Les sourires cruels des jeunes élèves. Plus je les regardais, plus elles se précisaient. « Ne pense pas à eux ! dit Christian en tirant sur mon bras pour ramener mon attention vers lui. Si on pense trop à eux, ils vont finir par devenir réels… »

— Mais ils sont réels…, ne pus-je m'empêcher d'objecter.

— C'est pas forcé. Pas ici, en tout cas. Oh, s'il te plaît, Évelyne, oublie-les ! Sinon, rien de tout ça sera réel…

Il y avait une telle urgence dans sa voix que je chassai de mon esprit ces images intruses sans toutefois parvenir à en faire autant avec mes doutes. Le petit levait vers moi un visage transfiguré par l'éclat des saphirs qu'il portait au fond du regard. Au chant lointain des cigales, tout ce qui appartenait à l'autre monde perdit peu à peu sa signification. Rien ne m'importait plus, sinon le sable de feu entre mes orteils, le soleil à la fois tendre et impitoyable, la mer, vivante, animée de mille réminiscences, de mille hantises. Et Christian. J'éclatai d'un rire tiède, riche, qui roula comme les vagues sur le sable, pris la main qu'il me tendait et courus avec lui me jeter dans l'écume des songes.

Comment ? Pourquoi ? Même aujourd'hui, je ne saurais l'expliquer. Pouvoir extrasensoriel ou simplement magie ; au fond, ça n'était pas vraiment important alors, ni maintenant. À partir de cette nuit-là, je réservai mes moments de loisir à Christian. Et comme des *zandolit* * sur des briques lézardées et surchauffées, nous avancions à pas de velours, lentement, sur la peau irisée du rêve. Nous bâtissions des citadelles de sable du haut desquelles nous espérions voir se jeter tous les *Oreo* et les *Kompè Chien* du monde. Nous nous inventions des chansons et des rires, des soleils et des silences aussi.

Il était inévitable que cela finît ainsi ; cela n'aurait jamais pu se terminer autrement. Je n'essaie pas de me disculper en invoquant le Destin ni rien de la sorte ; au contraire, j'accepte pleinement toute ma responsabilité.

---

* Petits lézards.

*
* *

« Tu accapares trop cet enfant, Évelyne, voilà ce à quoi je voulais en venir ! » finit par dire Edgard après avoir écrasé une troisième cigarette à peine consumée.

Je n'avais pas le goût de me disputer avec lui. Mais en venant prendre un verre chez moi en tête à tête ce samedi-là, Edgard m'avait poussée dans un étouffant cul-de-sac. Un orage sourd et violent grondait en moi : de quel droit venait-il se mêler de nos vies à Christian et à moi ? Je ne lui répondis pas immédiatement et il le prit comme une invitation à surenchérir : « Tante Géralda, Tony, Fabienne, tout le monde s'accorde là-dessus : ton obsession pour lui frise le maladif... »

— Minute ! Pour qui vous prenez-vous ? Qu'est-ce qu'il y a de maladif dans le fait d'emmener un enfant au cinéma quelquefois...

— ...et au théâtre et au centre commercial et aux expositions d'art africain et au musée et Dieu seul sait où encore. Ne vois-tu pas, Évelyne ? On n'a rien contre, que tu aimes ce petit. Ce sont tes excès dans ta manière de lui témoigner ton amour qui nous inquiètent.

— Assez, Edgard !

— Pas encore, ma sœur. Ce n'est pas qu'on te veuille du mal, mais il est temps que tu prennes conscience que le passé est mort et enterré. Christian Marcellin n'est pas ton enfant, ne l'a jamais été et ne le sera jamais !

— Je te déteste ! hurlai-je et ce cri canalisa l'énergie nécessaire pour mettre Edgard à la porte.

Je passai la chaîne aussitôt et m'adossai contre la porte un instant, le temps de contrôler les sanglots de fureur qui me secouaient. Derrière moi, je sentais encore la présence d'Edgard dans le couloir. Il hésita devant ma porte durant quelques interminables secondes puis se résigna enfin à me laisser seule.

Et si alors je me mis à pleurer, c'est peut-être parce qu'au fond je savais bien qu'il avait raison.

*
*　*

Au bout d'une éternité à errer dans le labyrinthe à ciel ouvert d'un marché public reconstitué par le pouvoir de Christian à partir de mes réminiscences, le petit et moi étions retournés à Montrouis. Là, étendus sur la grève, soûlés de mangues, de quenèpes et de figues, la tête pleine des échos métalliques du soleil, nous écoutions soupirer la mer. Une brise légère charriait une délectable odeur de maïs boucané.

— Tu veux ton maïs tout de suite, lui demandai-je en retirant les épis du feu avec des doigts craintifs.

— *Mande simtiè sil vle zo*,* répondit l'enfant dans son créole douteux, avant de croquer à pleines dents dans l'épi encore brûlant.

— Tu dis?

— Oh, rien; c'est juste quelque chose que ma mère avait dit une fois pour me taquiner, quand on m'avait offert une sucrerie...

---

* «On ne demande pas à un cimetière s'il veut des cadavres. »

29

— Ta mère ? Je croyais que tu ne l'avais pas connue ?

Il soupira et prit l'air agacé que prennent toujours les enfants lorsque les adultes leur posent des questions stupides.

— Une fois, m'expliqua-t-il, j'ai trouvé une photo d'elle sur une plage comme ici et je suis allé la rejoindre dans la photo. Mais ça n'a pas duré très longtemps, conclut-il, plus sombre. On dirait que ça peut pas durer longtemps avec des personnes mortes. Et puis, ça bourdonne et ça fait mal très longtemps dans ma tête, après…

Il marqua une pause lugubre qui me fit regretter ma question puis redressa la tête et l'éclat de ses yeux trancha l'obscurité grandissante. « C'est pas bien grave. Maintenant, je pense moins à elle parce que je suis avec toi. C'est comme si j'étais avec elle… »

— Ramène-nous, Christian, lui dis-je au bout d'un moment.

— Pourquoi ? J'ai fait quelque chose de mal ?

— Fais ce que je te dis, lui ordonnai-je avec plus de rudesse qu'il n'en fallait.

Il obéit à contrecœur, inquiet de cette offense dont il ignorait la nature. Notre petit foyer de braises s'éteignit avec la lueur dans le regard du petit, les rumeurs lointaines de la brise tropicale se turent, la mer se retira par-delà l'horizon et tout s'obscurcit.

*
* *

Au cours des jours qui suivirent, je tentai de reprendre mes distances par rapport à Christian. Cela impliquait de l'esquiver gauchement dans les couloirs de l'école en prétextant mille bagatelles à faire et pour lesquelles, non, il ne pouvait pas me donner un coup de main. Cela impliquait aussi de ne plus projeter de sorties avec lui, de ne plus lui téléphoner, mais surtout, de ne plus rêver avec lui. C'était malhonnête, je le sais, et même un peu cruel ; mais j'avais besoin de temps. Pour m'éclaircir les idées. Pour me convaincre que je n'étais pas, comme l'avait dit Edgard, égoïste au point de vouloir m'approprier le petit comme on le fait d'une poupée.

Cette ridicule mascarade dura jusqu'à ce qu'il me téléphone pour me rappeler ma promesse : je devais passer l'Halloween avec lui. Je cherchai d'abord à me dérober et finis plutôt par confirmer notre rendez-vous. J'irais le chercher chez lui, et vêtus de nos habits de *lougarou*, nous hanterions les rues du quartier en quête de douceurs.

Je me rendis donc au domicile des Marcellin, espérant trouver Christian assis sur les marches du perron, pour ne pas avoir à affronter son père. Je ne le vis cependant nulle part et dus donc me résoudre à sonner. Un certain temps s'écoula avant qu'on réponde, et je crus qu'il n'y avait personne. Mais les rideaux de la fenêtre du salon s'écartèrent et j'aperçus brièvement le visage d'Alceste Marcellin. Il n'avait pas l'air trop content de me voir.

Il m'apprit que sa femme était partie avec son fils chez une cousine à elle, et qu'ils ne reviendraient pas avant le lendemain. Il était désolé pour le rendez-vous manqué, mais de toute manière préférait que je cesse de voir Christian.

— Et pourrais-je savoir pour quelle raison ? m'enquis-je, en m'efforçant de conserver mon sang-froid.

— Je n'ai pas de raisons à vous donner ni de comptes à vous rendre, mademoiselle Lhérisson, rétorqua-t-il sur un ton glacial. Je ne veux plus que mon fils vous fréquente, un point c'est tout. Est-ce clair?

— Très clair. Trop clair même, monsieur Marcellin. Je n'en attendais d'ailleurs pas plus d'un homme comme vous...

Son visage se renfrogna mais, paradoxalement, il parvint à ne pas hausser le ton.

— Gardez vos sarcasmes pour vous, mademoiselle. Je suis au courant de ces âneries dont vous avez empli la tête de mon garçon. Je ne suis qu'un colonisé, un baise-Blanc, un *Oreo* et le reste! Christian n'a pas besoin de tous ces préjugés stupides. Il n'a pas besoin non plus de parler créole ou de manger du *kalalou* à tous les repas!

— Je suis d'accord avec vous là-dessus! Tout ce dont votre fils a besoin, c'est de parents...

— Christian a des parents, merde! s'emporta-t-il.

— Peut-être, mais a-t-il les bons?

Un crissement de pneus interrompit notre discussion. Bondissant hors de sa voiture sans refermer la portière, Élisabeth Marcellin franchit en trois pas la distance qui séparait l'allée du perron.

— C'est Christian, Alceste, haleta-t-elle. Il s'est sauvé. Je m'étais arrêtée dans une station-service; le temps d'aller payer à la caisse et il n'était plus dans l'auto...

— *Tonnèr!* jura Alceste Marcellin en me lançant un regard lourd de reproches.

Les Marcellin contactèrent la police sans tarder et, avec l'aide de quelques voisins, on ratissa le quartier. Sans résultat, bien sûr; on ne retrouve pas si facilement un gamin en plein soir d'Halloween — surtout s'il n'a aucune envie d'être retrouvé.

À bout de nerfs, Alceste Marcellin décréta qu'il valait mieux que je disparaisse de sa vue au plus tôt. J'en avais déjà assez fait et on pouvait se passer de mon aide. Il finit par m'injurier en français et en créole si violemment que je quittai les lieux en faisant mine de retourner chez moi. J'avais bien l'intention de poursuivre les recherches de mon côté.

Et inévitablement, comme ça arrive toujours dans ces histoires-là, c'est moi qui retrouvai le petit. Couché au fond de l'énorme container à déchets situé sur le stationnement de notre école. En pleurs et en sang. Il avait rencontré Marco Boucher et sa bande qui, pour une raison ou pour une autre, ou plus probablement sans raison, l'avaient rossé puis, après lui avoir uriné dessus, balancé à la poubelle.

— Évelyne, oh, Évelyne, hoqueta-t-il, alors que je le tirais du tas de détritus.

— Chuuut, ça va aller, mon trésor.

Avec un mouchoir, j'essuyai le sang sur son visage, prenant soin de ne pas irriter ses plaies. Il était couvert de bleus et de bosses, de la tête aux pieds, avait un œil noirci, les lèvres fendues et du sang séché dans les cheveux. Je fermai les yeux et pensai que jamais on n'avait vu de *Kompè Chien* si cruels.

— Je vais mourir, bégaya l'enfant humilié. Ils m'ont tué, Évelyne…

— Allons, cesse de dire des bêtises, protestai-je, d'autant plus indignée que je pressentais qu'il avait raison.

— Oh Évelyne, je vais mourir, Évelyne, répéta-t-il entre deux sanglots.

— Non ! Puisque je te dis que non ! m'écriai-je en le serrant contre ma poitrine, au bord des larmes. Tu ne peux pas mourir, mon bébé ! Pas encore ! Ce serait comme si je t'avais tué une seconde fois...

Les paroles de mon frère se retournèrent en mon cœur comme des dagues : *Christian Marcellin n'était pas mon enfant, ne l'avait jamais été et ne le serait jamais !* D'une main tremblante, Christian assécha doucement mes paupières. Dans ses yeux, la lueur magique s'atténuait progressivement, comme celle d'étoiles agonisantes. Il grimaça tant bien que mal un sourire et —

Un vent marin s'éleva lentement, venu de nulle part, tourbillonnant autour de nous. Je me redressai, refermai instinctivement mon paletot. Le sol sous mes pieds se changea en sable de plage. Une mer cuirassée d'argent déroula ses vagues fantomatiques jusqu'à moi, submergeant la réalité morne de la cour d'école. Et une silhouette émergea de l'écume, marcha vers moi. Une silhouette difforme qui, de loin, ressemblait à une poupée de chiffon...

C'était une chose sans nom, sans visage et sans sexe, cette partie de moi-même morte trop tôt, trop bêtement et pour de mauvaises raisons.

Elle avança à ma rencontre, me parla avec de douces inflexions de lumière azurée.

Puis elle s'estompa et disparut, tandis que les vagues argentées reculaient graduellement dans l'au-delà.

Christian gisait à mes pieds.

Inerte.

Je tombai à genoux, prit dans mes bras son corps de pantin désarticulé et le secouai en pleurant. L'avait-il entendue ? Il fallait qu'il ait entendu, qu'il sache que j'étais lavée de tout remords. *Elle* avait dit ce qu'Edgard me répétait depuis toujours mais que j'avais toujours refusé de croire parce que je voulais l'entendre de sa bouche à *elle*, tout en sachant que c'était impossible, que jamais *elle* ne pourrait me parler. Il fallait que Christian entende, il ne devait pas mourir pour rien lui non plus…

Il leva la tête vers moi et, dès que ses paupières s'entrouvrirent, je sus qu'il était mort malgré tout. Il avait sacrifié la meilleure part de lui-même par amour pour moi. Peu importe ce que diraient les ambulanciers quelques instants plus tard, je savais d'ores et déjà que, non, l'enfant ne s'en tirerait pas.

Le petit magicien était mort en Christian Marcellin.

Il n'y avait qu'à regarder ses yeux, désormais noirs comme les gueules béantes de tombes ouvertes.

*
* *

Ils sont encore très noirs, ses yeux. Cependant, d'un noir moins terne, plus profond, où perce parfois une étincelle de leur éclat bleu d'autrefois. Peut-être a-t-il retrouvé, à travers sa peinture, un peu de sa magie ancienne. À la télé l'autre soir, on décrivait ses toiles comme « …empreintes d'un onirisme discret… une porte sur l'univers de l'inconscient… »

Avec l'appui financier de son père, il a ouvert l'an dernier à Montréal la première galerie-école pour artistes de la diaspora haïtienne ; j'avais peut-être jugé trop sévèrement Alceste Marcellin. Au fond, il aimait son fils. De cet amour sincère et presque douloureux que bien des pères, par fausse fierté masculine ou par timidité, n'osent pas exprimer. À ce que me disait Christian hier au souper, Alceste n'a pas cessé, au cours des années, de faire d'énormes efforts pour se rapprocher de lui ; d'ailleurs, les Marcellin comptent aller en vacances en Haïti, l'été prochain. Christian m'a même invitée à les accompagner.

Je ne crois pas que j'irai. Pas de sitôt, en tout cas. S'il est une chose que j'ai apprise au fil des ans, c'est que les plages de la réalité sont rarement aussi merveilleuses que celles de nos songes.

Jonquière, décembre 1986

Ce Nègre n'est qu'un Blanc
déguisé en Indien

À la mémoire de Y. Nutt

« Ça, ce Noir-là, ça doit danser ! » s'émerveille à mi-voix l'une des deux vieilles dames assises au fond de la salle.

À l'instant précis où il lève les yeux vers elles, les deux commères, gênées, replongent hâtivement les leurs dans le magazine que la plus vieille tient de ses mains tremblantes. Il ne prend pas la peine de réprimer un sourire amusé, puis détourne son regard vers la distributrice de Pepsi Cola à l'autre bout de la salle d'attente. Un garage comme tant d'autres, estime-t-il en introduisant les pièces de vingt-cinq sous dans la fente, un tantinet vieillot et tout à fait caractéristique de ces minuscules villages qui filent comme des fusées de chaque côté de l'autoroute.

— Vous rouliez à quelle vitesse don' ? lui avait demandé le mécanicien, en fixant les crochets du camion-remorque au pare-chocs de la Topaz.

— Bof, quatre-vingt, quatre-vingt-cinq…

Il ne conduit jamais trop vite, a horreur de la vitesse, à vrai dire, n'a pas versé la moindre larme sur Gilles Villeneuve. Il s'appelle Alix Claude, trente-trois ans, vice-président du département des relations publiques à Publicité PluriMedia,

— ...vous v'nez d'Afrique ? avait lancé l'homme au volant de la dépanneuse, au bout d'un long silence.

— Non, avait-il répondu distraitement, le regard fixé sur le panneau de signalisation qui se précipitait à leur rencontre.

— R'marquez que j'ai rien contre les places d'où les gens viennent, s'était empressé de reprendre le mécanicien, craignant de l'avoir offusqué.

S'il ne s'offusque plus de ces questions, de ces comportements congestionnés, c'est que vingt ans au pays l'ont rendu plutôt philosophe face à ces rituels, du reste tout à fait typiques des gens qui n'ont de connaissance des Noirs que ce qu'on leur a montré à la télé.

Bienvenue à Saint-Albert de M... Il se souvient à peine du nom sur le panneau à l'entrée du village, n'y attache pas la moindre importance, pour tout dire, a surtout hâte de reprendre la route.

— Et alors ? demande-t-il au mécanicien qui essuie ses mains plus noires que celles d'Alix sur sa salopette.

Incident mineur sur la route de Québec, qu'il avait espéré classer sous la rubrique des accidents dont on se sort indemne, qu'on oublie rapidement et dont on n'évoque le souvenir que lors des longues et ennuyantes soirées d'hiver. Mais c'est plus grave ; radiateur percé, filage électrique défectueux, courroie fendue, et autres obscures explications qui, à ses oreilles profanes en matière de mécanique automobile, semblent aussi inintelligibles que si elles avaient été proférées en langue africaine.

— Combien de temps ?

— J'pourrais pas vous dire encore. Mais y m'semble qu'y va falloir examiner c'te minoune-là de fond en comble...

Le visage pourtant déjà brun d'Alix se rembrunit, mais avant qu'il ne dise mot : « R'gardez ; y'est presque cinq heures. Vous avez juste à aller manger une bouchée Chez la Grosse Bertha en face, en attendant, pis revenir dans une heure… »

Dans sa voix, Alix croit déceler un genre de sincérité, de sympathie. Avec une grimace résignée, il secoue la tête, écrase la canette d'aluminium, tourne les talons et, dépassant la petite familiale stationnée près des pompes à essence,

— Regarde, Maman : un clown ! s'exclame le bambin en pointant un doigt en direction d'Alix.

— Nicholas !

Il ne prête pas la moindre attention à la mère mal à l'aise. Il continue, sans dévier, vers le petit restaurant de l'autre côté de la Grand Rue jusqu'à ce que les féroces aboiements d'un doberman qui s'élance vers lui le tirent abruptement de ses fulminations muettes.

— Couché, Boxey ! ordonne le maître, un vieillard maigre et desséché, aux cheveux rares, occupé à tailler sa haie. Tranquille, j'ai dit !

Pressant sa paume contre son cœur, il s'aperçoit avec soulagement que la bête est enchaînée. « Désolé qu'y vous ait fait peur, s'excuse le vieil homme. J'sais pas ce qui lui prend ; y'est ben ben tranquille, d'habitude ! »

En tout cas, les crocs acérés que la bête découvre en un rictus sanguinaire sont loin de faire écho aux paroles de son maître, bien au contraire ! Un mythe répandu à propos de ces chiens — Alix n'a cependant jamais su s'il fallait y accorder le moindre crédit — voudrait que cette espèce voie instinctivement un ennemi naturel en tout Noir. Tout ce qu'il sait, c'est que lui-même craint et déteste tous les chiens, peu importe l'espèce, depuis le

berceau et (qui sait ?) peut-être l'animal l'a-t-il senti…
N'importe, rendant au vieux son sourire amical, il ne se
fait pas prier pour mettre le plus de distance possible entre
ce chien pas très attachant (mais attaché, encore une fois
Dieu merci !) et lui.

Au son des clochettes, les quelques clients tournent
vers lui un visage interrogateur. Comme les deux vieilles
au garage tantôt, nul n'ose affronter son regard trop
longuement. Évidemment. Sans un mot, il traverse la salle
vers le comptoir-lunch alors que lentement, presque avec
appréhension, tous font mine de reprendre leur conversation ou leur partie de billard comme si de rien n'était.

— *What want you command, misteur ?* lui demande
dans un anglais plus qu'approximatif la dame trapue derrière le comptoir, probablement la Grosse Bertha elle-
même, décide-t-il.

La porte se referme avec un nouveau tintement des
clochettes. Il lève les yeux vers le menu sur le tableau noir :

— Je prendrai juste un café, pour l'instant.

Il a vaguement conscience de l'étonnement de Bertha à sa réponse en français neutre et sans la moindre trace
de rhotacisme. Frites… Frites sauces… Poutine… Poutine
Michigan… Hot dog… Hot dog Michigan… Hamburger… Hamburger Michigan… Bertha Burger… *Le
grand couisine, quoi !* comme disent ses collègues anglo-
phones quand ils s'imaginent parler français.

— Sucre, crème… ?

— Non, je le prends noir…, fait-il en repoussant
poliment pot de crème et sucrier puis, esquissant un sourire, il ajoute : Pour maintenir mon teint.

La plaisanterie demeure lettre morte.

— Est-ce que vous allez manger… ?

Comme il ne s'est pas encore décidé, Bertha choisit de retourner à ses autres clients. Alix regarde autour de lui et reconnaît les signes distinctifs de l'institution «casse-croûte du village»: le vieux juke-box qui emplit l'air d'une sirupeuse chanson de Michel Louvain; les chipies du voisinage, assises au comptoir, médisant d'une consœur absente; les adolescents aux visages boutonneux et blêmes, aux yeux agrandis rivés sur l'écran d'un jeu vidéo; l'inévitable ivrogne, cherchant à retarder le plus possible la fin de sa bière; les brutes en vestes de jean déchirées, prêtes à recourir aux poings à tout moment, pour décider du gagnant de la partie de billard. Enfin, rien qui sorte de l'ordinaire, de l'attendu, rien qui détonne, sinon, à l'autre bout de la pièce, attablée non loin du juke-box, une fille au visage de cuivre, ovale et plat, encerclé par une cascade de cheveux de jais. Elle lui octroie un sourire sibyllin — politesse qu'il lui renvoie avant de se tourner vers son café.

Et soudain, *c'*est en lui. Telle une couleuvre, invisible, sournoise, qui aurait rampé sous toutes les clôtures, nonobstant toutes les défenses qu'il avait érigées, pour venir faire son nid, se lover au-dedans de lui et l'habiter comme le tam-tam régulier de son cœur.

La tasse s'immobilise à mi-chemin entre ses lèvres entrouvertes et la soucoupe. Son bras se fige, son corps entier se crispe sur le banc. *Ça* fait monter à son front des perles de sueur et, au-dessus de la musique mielleuse, des commérages, du baragouin électronique du jeu vidéo, du claquement des boules de billard qui s'entrechoquent, *ça* fait aussi monter dans sa tête les échos d'une noire contrée enfouie quelque part dans sa mémoire génétique, piaillements, rugissements, barrissements, et le son de la tasse qui retombe sur la soucoupe, éclatant en morceaux et répandant son contenu sur le comptoir.

Un moment, il demeure bouche bée et vaguement mal à l'aise. Canons dans les yeux, la Grosse Bertha pousse un soupir de dégoût et empoigne un torchon.

— Pa'don, je n'ai pas fait expwès, je vous ju'e…, articule-t-il mollement avant de s'interrompre, confus.

Interloqué, il se racle la gorge, secoue la tête et reprend, lentement, en insistant sur chaque R : « Navré… Je n'ai vraiment pas fait exprès… »

L'hôtesse essuie le comptoir, ramasse les éclats de porcelaine, sans un mot, sans un regard pour lui, et Alix s'imagine pouvoir lire ses pensées sur ses lèvres pourtant immobiles : *Maudit sauvage, si on t'a jamais appris à vivre en société, pourquoi t'y retournes pas, dans ta jungle… ?*

Franchement désolé, il esquisse un sourire timide et offre de payer la tasse brisée, mais la Grosse Bertha, vraisemblablement déterminée à le maintenir dans son malaise, ne daigne pas lui répondre. De guerre lasse, il finit par déposer un billet de cinq sur le comptoir puis se lève et traverse la pièce vers la porte indiquant « HOMMES ».

Ça le suit jusque dans les toilettes, Alix le sait, il peut *le* voir juste à se regarder dans la glace au-dessus du lavabo, grandissant en lui, l'envahissant et l'enveloppant tout à la fois. Son corps tremble tout entier, son cerveau surchauffé palpite, se dilate à l'intérieur de son crâne prêt à éclater. Il essaie de rompre l'envoûtement en s'aspergeant le visage d'eau froide et, prenant brusquement conscience de la sueur qui imbibe sa chemise, de l'odeur forte, presque sauvage, dont il est imprégné, il entreprend de se rincer les aisselles — avec détermination, avec fureur, dirait-on.

Au moment où la porte s'ouvre, poussée brutalement par l'un des lourdauds de la table de billard, il interrompt son lavage frénétique.

L'homme le considère silencieusement, d'un air à mi-chemin entre l'amusement et le mépris, puis secoue la tête et va à l'urinoir.

Honteux, Alix reboutonne sa chemise et ressort, cédant presque à l'envie de rire de lui-même. Au sortir de la toilette, il remarque la cabine téléphonique et, d'instinct, plonge la main dans sa poche, vers son portefeuille. La téléphoniste ayant noté le numéro de sa carte grise, il entend, trois coups de sonnerie plus tard — une éternité dans la crainte de son absence —, décrocher. En un rien de temps, la voix à l'autre bout du fil l'apaise.

Inquiète — elle l'attendait pour le souper! —, elle lui demande où il est. Avec un regain d'humour, il lui expose ses déboires. Non, il ne tient pas à ce qu'elle vienne le chercher jusqu'ici; l'auto devrait être prête d'une minute à l'autre, lui assure-t-il entre deux autres boutades sur le statut des voyageurs exotiques en transit dans les petits villages de campagne.

— …Je ne sais pas: le choc entre l'image qu'ils s'étaient faite des Noirs et ma réalité est sans doute trop pour eux.

— Bon, bon… Et nous voilà repartis pour un nouveau remâchage de Fanon!

— Je suis sérieux. Tiens, juste pour les rassurer dans leurs stéréotypes, je pense que je vais enlever ma chemise, me promener torse nu, lance en main, en m'exprimant par monosyllabes, ironise-t-il. *Bou lou bou lou bou lou bou lou, bwana…*

Mais l'ironie n'est jamais que parade, cuirasse plus ou moins efficace contre l'angoisse — elle le sait très bien, connaît son Nègre depuis trop longtemps. Elle réitère son offre de tout à l'heure, insiste, mais en vain; il fait déjà mine de conclure la conversation.

— Alix, commence-t-elle alors, puis elle se tait longuement avant de reprendre, plus hésitante : Alix, je t'aime…

— Ouais, surtout parce que j'ai une grosse queue! blague-t-il en raccrochant.

Il écarte la porte de la cabine, prend la direction de sa place au comptoir, mais une main se referme sur son bras et l'arrête en chemin.

— Je me suis permis de te commander un autre café, fait la fille en indiquant la tasse fumante sur la table.

La fille qui lui a souri tout à l'heure. De près, elle lui apparaît moins jolie; ses traits sont un tantinet grossiers et ses yeux légèrement bridés semblent se croiser les bras. Pourtant, elle dégage un magnétisme troublant. «Noir, ajoute-t-elle. Pour maintenir ton teint…»

Il y a ébauche de sourire.

— Vous n'avez pas peur des racontars? dit Alix en tirant la chaise offerte.

— Ma mère était indienne. En mettant au monde la bâtarde que je suis, elle s'est vue automatiquement expulsée de sa réserve… J'ai l'habitude d'être tenue hors caste.

Le sourire se précise. Elle prend sa main dans la sienne et la serre et, comme ça, aussi simplement que ça, une complicité se noue. Sourds aux commentaires murmurés autour d'eux — et sans même avoir échangé leur nom —, ils se mettent à converser, tout bonnement, tels d'anciens amants qui se retrouveraient des années plus tard.

Et quand, entre deux bonnes blagues, il se tourne vers l'horloge O'Keefe, il s'aperçoit avec horreur qu'il est déjà sept heures moins vingt. S'excusant auprès de sa compagne, il se précipite à toutes jambes vers la porte, vers le garage de l'autre côté de la rue, salué au passage par les aboiements hostiles de Boxey et,

— Ta gueule, chien ! répond-il, à mi-voix, sans s'y attarder.

Comme il redoutait, il se heurte à une pancarte «FERMÉ», au-delà de laquelle la salle d'attente déserte et obscure a l'air de se moquer. «Foutre !» jure-t-il, les dents serrées. Il sacre à plusieurs reprises, à haute voix cette fois, en n'obtenant pour réponse que les jappements du doberman. «Ta gueule, j'ai dit !» aboie-t-il à son tour en revenant sur ses pas.

Dans la cour avant du restaurant, une demi-douzaine d'adolescents, dont les deux qui jouaient au vidéo un peu plus tôt, attroupés autour d'un joint de pot, se donnent des coups de coude en l'apercevant :

— Banane ! font-ils en chœur, parodiant un accent petit-nègre,

mais, dans sa contrariété, il ne leur prête pas la moindre attention et pousse la porte. Les clients, les quelques-uns qui sont encore là en tout cas, semblent moins incommodés à son retour qu'à son entrée initiale. Sur le juke-box, Jerry Boulet chante *Zimbabwé* de sa voix rauque et agressante.

— D'autres problèmes ? dit la métisse.

— J'ai trop attendu, c'est tout… Maintenant, si seulement je savais comment joindre ce garagiste…

— Ça risque d'être difficile ; il reste dans le bois et il n'a même pas le téléphone.

— Fâcheux, fait Alix, retenant ses jurons par simple politesse. Autrement dit, je suis coincé ici jusqu'à l'ouverture du garage demain matin…

— Je m'excuse, c'est un peu de ma faute.

Sans confirmer ni infirmer, Alix se tourne vers la cabine téléphonique.

— Bon. En attendant, il va falloir que je rappelle Québec pour annoncer la bonne nouvelle...

Il laisse sonner douze fois avant de capituler. Sans doute partie faire une course ; du moins l'espère-t-il. En attendant :

— Écoute, je t'offre refuge dans mon humble logis. C'est pas grand, mais c'est mieux que coucher dehors...

Il accepte volontiers l'offre de la métisse dont il ignore toujours le nom. « Oh, en passant, je m'appelle... »

— ...Noémi, aye, dis-moi pas que tu vas fourrer noir à soir ? T'as pas peur du sida ?

La boutade, venue d'un des joueurs de billard, est accueillie par quelques gloussements timides.

Alix se retourne et fait un pas vers l'homme. Un grand bonhomme, à la carrure imposante, beaucoup plus costaud que lui. Ça ne fait rien, la fureur et les frustrations accumulées au cours de la journée lui donnent une audace qui défie le bon sens.

— Entendez-moi bien, espèce de gorille, je...

— Ah, laisse tomber, tempère sa compagne, cherchant à éviter la rixe. Il est juste jaloux de...

— Jaloux de c'*toasté*-là... ? Moé ?

— ...me fous éperdument des inanités qui macèrent dans votre minuscule cervelle de singe, aussi longtemps que vous n'en polluez pas l'air ambiant...

Les compagnons de jeu du matamore ont tous pris un peu de recul dans l'expectative de la bagarre.

Un temps. Seule la parodie de chant africain signée Offenbach trouble le silence tendu.

Puis, au moment où la brute s'apprête à empoigner Alix par le collet, celui-ci émet un rugissement à glacer le sang.

Durant un long moment, tous demeurent immobiles et muets, hésitant entre surprise et terreur — y compris Alix qui n'aurait jamais cru sa gorge, ou n'importe quelle gorge humaine, capable de produire de tels sons. Et Noémi profite de cette pause pour entraîner Alix vers la porte, au grand soulagement de la Grosse Bertha.

— Comment t'as fait ça?

Alix secoue la tête, étourdi, cherchant à évacuer l'agressivité qui l'habite.

— Banane! Banane! entonnent en chœur les garçons, avec des sourires équivoques.

Il se retourne vers eux, la foudre dans les yeux.

— Et qu'est-ce que quelqu'un qui mange des bananes? grogne-t-il. Quelqu'un qui est différent de vous? Alors je suis d'autant plus heureux d'être un mangeur de bananes. Et puis merde!

Désarçonnés, les adolescents n'osent aucune réponse. Bientôt, Noémi et Alix s'éloignent dans la nuit tombante.

*
* *

L'humble logis de Noémi se trouve au troisième étage d'une vieille maison de chambres, bâtisse chancelante, à moitié vide et en proie à la décrépitude, située à quelques minutes de la Grand Rue.

— Comme je disais, c'est pas grand...

— ...non, mais y'a de la place, enchaîne-t-il, prenant un accent bruxellois, en se laissant tomber sur le divan de la diva.

Elle arque un sourcil; la référence lui échappe.

— Je t'offre un café, un thé, quelque chose?

Sans attendre la réponse, elle passe dans la petite cuisine et, déjà, il l'entend emplir la bouilloire, craquer une allumette, et sent une odeur de gaz. Décidément, comme dans la chanson de Brel! Ses yeux font le tour du petit un et demi, mais n'y trouvent ni Bouddha, ni petit chien, ni gros chat. Décor sobre, deux fauteuils usés, une vieille radio, une petite bibliothèque sur laquelle trônent des statuettes amérindiennes et, sur les murs de plâtre jauni, quelques tableaux de même inspiration.

— Tu es peintre?

— Bof, et sculpteuse et tout ce que tu veux... De temps à autre, je vends un tableau, une amulette ou un petit totem à un touriste en mal d'exotisme. Mais on gagne pas son pain avec ces trucs...

Elle revient de la cuisine, la blouse ouverte jusqu'au nombril. «Ne désespérons pas, le café s'en vient», annonce-t-elle en s'étendant sur le divan, posant ses pieds nus sur les cuisses de son invité.

— Je peux passer un coup de fil?

— Désolée, je n'ai pas le téléphone moi non plus...

Il se lève tout de même en direction de ce qu'il imagine être la salle de bains. L'angoisse ne l'a pas tout à fait quitté; il s'étonne presque de trouver son propre reflet dans la glace fêlée plutôt que l'image traditionnelle du cannibale de dessins animés, un anneau dans le nez et un os dans les tresses. *Un bon publicitaire doit d'abord apprendre à vendre son image,* lui répètent ses patrons depuis son premier jour à leur solde. *L'image est le message!*

Fadaises!

Poussant un soupir désabusé, il tire la chaîne et ressort.

Ses yeux s'attardent d'abord à la blouse par terre avant de remonter vers Noémi qui marche à sa rencontre, torse nu, en lui tendant une tasse de café et il se rend compte pour la première fois de son extrême maigreur. Ses côtes saillent sous sa peau hâlée, ses seins sont presque inexistants. Pourtant, elle traverse la pièce avec l'assurance d'une femme qui se sait la plus belle.

Il la remercie d'un signe de tête et se fait quasiment avaler par l'un des fauteuils. Dès la première gorgée brûlante, il décèle un arrière-goût inattendu.

— Brandy, bien sûr. Tu m'avais l'air d'avoir besoin d'un petit remontant…

— Tu ne devrais pas ; tu ne sais pas ce qu'on dit des Nègres et de l'alcool ? Surtout les soirs de pleine lune…

— Je sais, justement ; on le dit des Indiennes aussi…

Son esprit s'empare de la réplique enjouée, la tourne et la retourne, l'examine sous toutes les coutures avant de la laisser se volatiliser, sans cependant acquiescer à l'invitation implicite.

Pour tromper les mécanismes qui, malgré lui, s'enclenchent entre eux, il jette un coup d'œil à un vieux journal qui traîne sur la moquette du salon. Le titre en caractères gras d'un fait divers attire son attention. Il est question du lynchage d'un autochtone de la région, présumément atteint de la rage, déclaré coupable du meurtre d'une jeune femme.

Noémi vient s'asseoir sur ses genoux, noue ses bras autour de son cou. Elle dégage un parfum frais et piquant, comme une brise printanière. Il la repousse gentiment.

— Ce n'est pas que tu ne me tentes pas, mais je…

— ...tu as une femme qui t'attend à Québec, oui, je sais, complète-t-elle. Ça se devine, ces choses-là. Mais elle est loin ce soir et je me sens seule... Peut-être qu'on sera juste amants d'une nuit ; ça me va. De toute façon, tu peux te compter chanceux ; je leur charge assez cher, aux autres, d'habitude...

D'un baiser, Noémi lui étouffe la réponse sur les lèvres et ses réticences s'évanouissent dans une explosion de flammes. Ils se goûtent l'un l'autre sur le fauteuil, s'embrasent, se mangent, debout contre le mur, se prennent, se boivent, par terre et dans la cuisine, sur le comptoir, sur la table, elle en lui, lui en elle, lèchent les larmes d'alcool sur leurs peaux salées, font courir l'un sur l'autre langues serpents, mains araignées, dents scorpions, s'ouvrent, s'habitent, se possèdent, s'exaltent tandis que bouches, pénis et vulve entonnent en canon de primitives louanges à la chair.

Elle jouit rapidement, à plusieurs reprises, laissant échapper des cris brefs et aigus puis, au déclin de leur fougue, éclate d'un petit rire de fillette qui ne trouve pas d'écho.

— Non, je ne ris pas de toi, se hâte-t-elle d'expliquer. Je pensais juste à une copine qui prétendait que les Noirs sentent le mouton mouillé après le sexe...

Nus, ils reposent maintenant côte à côte, sur le divan-lit ouvert. Extatique, il a presque honte de s'avouer qu'il ne se rappelle pas avoir jamais joui aussi intensément.

— Vwaiment ? Et alo's ; elle avait waison ?

L'espace d'une demi-seconde, il prend conscience d'avoir sauté ses R, mais elle n'y accorde pas la moindre importance. Les orgasmes répétés et la demi-bouteille de brandy qu'ils ont engloutie aidant, elle ne tarde pas à sombrer dans les brumes du sommeil.

Debout dans la minuscule salle de bains, il entend son ronflement sonore qui emplit tout l'appartement, enterrant presque l'absurde litanie

(Je suis nègwe mais pas d'Afwique, je suis nègwe mais pas d'Afwique, je suis nègwe mais pas d'Afwique, je...)

qu'il répète et répète, à moitié ivre, s'efforçant désespérément de cerner la consonne manquante. *C'est en lui à nouveau, se dit-il, nauséeux, et *ça* le terrifie d'autant plus qu'il sent des parfums de savane jaillir vers lui, l'encercler, l'assaillir, le posséder, qu'il entend, bien distinctement, ce tam-tam épouser le rythme affolant de son cœur battant à tout rompre,

(...suis nègwe mais pas d'Afwique, je suis nègwe mais pas d'Afwique, je suis...)

affamé, assoiffé d'elle, de son corps, de son sexe, du bouillonnement de leur sang dans le maelström de l'urgence comme si tout devait demain s'écrouler et qu'il faille se consommer au plus vite, se consumer au *big bang* des passions, et il n'y a rien de mal à cela sinon que cette appétence dévorante a été induite en lui par *ça*, il le sait, le sent, et

(...nègwe mais pas d'Afwique, je suis nègwe mais...)

levant les yeux vers la glace, il y surprend un visage maquillé de peintures de guerre qui lance à travers son esprit le souvenir éclair d'un vieux gag d'Yvon Deschamps au sujet des sauvages et des miroirs: *si nous-autres on a peur en les voyant, imaginez s'y s'voiraient!*

(...pas d'Afwique!!!)

Il fracasse le miroir d'un coup de poing, oblitérant le mirage qui y avait été planté. Sifflant de douleur, il s'adosse à la porte et masse ses jointures tailladées, ensanglantées, avant

— ...mmmmoyonquessequitprenmmmm ? articule-t-elle, mollement, dans son demi-sommeil.

de se retourner brusquement vers Noémi qui, debout sur le seuil de la porte, le regarde sans comprendre.

Est-ce vraiment dans sa poitrine que naît ce vrombissant grognement de rage qui lui déchire la gorge ?

Est-ce vraiment lui qui, écumant d'une fureur aveugle de Maure tragique, serre ce cou maigre et fragile, indifférent aux plaintes étouffées de la métisse et à ses poings qui lui martèlent le visage et le torse ?

Et lorsque, asphyxiée, la jeune femme perd connaissance, Alix prend conscience enfin, avec horreur, du pacte qu'il est en train de consommer.

Hoquetant d'effroi, il relâche sa prise et regarde Noémi s'affaler sur la moquette du salon.

*
* *

Il n'a pas eu conscience de sa fuite mais, au bout d'une course essoufflante, s'aperçoit qu'il est revenu au garage. Noémi : est-elle morte ? L'a-t-il tuée ? se demande-t-il.

Il ne saurait, ni n'oserait le dire.

Il conserve le fugitif souvenir d'avoir tenté de la ranimer, vainement, pour finalement bondir vers la sortie, terrorisé par l'envahissant appétit qui lui dictait d'éviscérer la métisse, de la dépecer à mains nues pour manger sa viande crue et boire son sang encore chaud.

Il avance sans sentir les cailloux, les bouts de verre et les autres débris qui jonchent le macadam humide et écorchent la plante de ses pieds nus. Il étouffe dans cette atmosphère où s'entremêlent parfums d'essence et relents de fumier. La lune elle-même a battu en retraite derrière le voile de cette nuit noire, épaisse, parsemée des pyramides lumineuses sculptées par les lampadaires. Le village assoupi demeure interdit ; ni grésillement de criquets, ni sifflement de brise, ni la moindre rumeur estivale ne rôdent dans les rues enténébrées.

Rien.

Pourtant, s'il ferme les yeux, Alix peut voir un paysage fantastique, enfoui au plus profond de lui, mais résolu à se matérialiser ici, à Saint-Albert de Dieu sait quoi, un paysage tout en plantes tropicales avec des feuilles énormes, fougères démesurées, palmiers, baobabs, jujubiers et forêts denses ;

(…je suis nègwe mais…)

il rouvre les yeux, secoue la tête, se frotte les yeux, s'évertuant à effacer ces visions, mais continue malgré tout à entendre ces froufrous dans l'herbe haute, ces battements d'ailes affolés, ces tam-tams endiablés et

(…pas d'Afwique…)

au tintement argentin d'une chaîne qui fouette le sol, accompagné par une respiration haletante, il se retourne brusquement, juste à temps pour apercevoir l'obscur nuage de grondements qui fond sur lui.

Durant un long moment, le doberman et lui roulent ensemble sur le sol trempé d'huile, sans que l'un arrive à prendre le dessus sur l'autre.

Instinctivement, l'homme serre les mains autour du cou de l'animal et tente de l'étrangler — ce à quoi le chien réplique en plantant ses griffes dans les pectoraux de son antagoniste pour l'obliger à lâcher prise. La sensation de son propre sang brûlant qui ruisselle sur sa poitrine lacérée le rend fou de douleur. Il voit le museau de la bête dégoutter de bave, les énormes crocs jaunes et luisants pointer vers sa gorge, glisse ses genoux entre la poitrine de la bête et lui, pour l'écarter momentanément, en répondant aux grognements par des grognements.

La lueur d'un lampadaire éclaire les yeux rouges, incandescents du doberman dont la gueule dévore à grandes bouchées les quelques centimètres qui la séparent du visage de son adversaire. Dans le souffle chaud et fétide de la bête, l'homme respire un million de promesses de mort atroce. Brutalement, il applique la main gauche sur le côté de la tête de l'animal, pour l'obliger à se détourner de sa gorge, puis enfonce deux doigts dans l'œil du doberman. Avec un aboiement perçant, la bête recule un instant puis referme ses mâchoires sur le bras droit de son adversaire.

L'éclair de douleur fait vibrer comme un gong tout le corps de l'homme. L'écume aux lèvres, il plonge à son tour les dents dans la chair musclée et raide du cou de la bête, cherchant la jugulaire. Le sang se mêle à sa salive, lui emplit la bouche, lui coule le long du menton, mais Alix n'arrive pas à canaliser suffisamment d'énergie dans ses mâchoires pour maintenir sa prise bien longtemps, alors que celles du chien continuent de se resserrer comme un étau sur son biceps droit.

À force de volonté et de rage, l'homme arrive à tirer son bras de la gueule avide et à passer sur le dos de la bête. D'un mouvement sec, il arrache le bout de chaîne encore attaché au collier du chien et le passe autour du cou de l'animal. Devinant son intention, la bête décoche une ruade, mais l'homme referme les cuisses sur les flancs palpitants de l'animal et, faisant abstraction de la cuisante douleur à son biceps et des vagues de vertige qui le noient, il tire sur les deux bouts de la chaîne de toutes ses forces.

La respiration du chien se fait sifflante ; il sent son heure toute proche. Il jappe, hurle, rue dans une nouvelle tentative de désarçonner l'homme, mais la chaîne se resserre, inexorablement. Alix réussit enfin à se redresser, à raffermir son équilibre et, appuyant les pieds contre le sol, il tire sur la chaîne, tire encore, de toutes ses forces, tire, tire durant un moment d'agonie qui s'allonge sur toute une éternité, dans cette posture ridicule, lui debout, le doberman ruant sauvagement à la hauteur de ses hanches, grotesque parodie de coït qui culmine au dernier hurlement de la bête suivi du son de sa nuque qui craque comme une branche sèche.

Reprenant son souffle, il laisse glisser les bouts de la chaîne hors de ses paumes ensanglantées et, pendant de longs instants, contemple le corps inerte de la bête en luttant contre son irrépressible envie de poser le pied dessus et de lancer à la lune un sauvage hurlement de victoire. Enfin, il se détourne vers le garage.

« FERMÉ », le nargue l'écriteau sur la porte vitrée qui lui interdit l'accès à la petite salle éclairée uniquement par la distributrice de Pepsi.

Un moment, il demeure immobile, le front appuyé contre la porte, puis, avec un grognement sourd, traverse l'épaisse vitrine dans un fracas tonitruant qui répand une pluie de verre brisé à travers le silence obscur de la salle d'attente déserte. Indistinctement, il croit entendre une sonnerie d'alarme quelque part au loin tandis qu'il se hâte vers le garage.

Sur le tableau de bord, il trouve les clés de la Topaz et tente de démarrer. Le moteur toussote, vrombit mais, peine perdue, s'étouffe dans sa bave puis se tait. Il essaie encore et encore, sans résultat, puis laisse tomber la tête sur le volant, au bord des larmes.

Le cadran de la radio s'illumine alors, les haut-parleurs pétaradent puis se mettent à crachoter les bruissements de la forêt, le caquetage incessant des perroquets, le babillage moqueur des chimpanzés, le galop effarouché des gazelles, le frénétique roulement du tam-tam

(*...nègwe, mais pas d'Afwique...*).

Paniqué, Alix appuie brutalement sur le commutateur, enfonce une à une les touches de présélection, tourne et retourne le bouton syntonisateur, enfin frappe rageusement de son poing l'appareil qui malgré tout n'en fait qu'à sa tête. Il porte les mains à ses oreilles, en vain. Animal apeuré, il finit par bondir hors de la voiture et, homme humilié, il rugit son indignation aux oreilles indifférentes de la nuit.

Puis, à la vue du téléphone au-dessus de l'établi du mécanicien, un faible espoir étincelle dans son regard.

Il s'élance vers l'appareil, arrache le combiné au mur et, dans un ultime éclair de lucidité, réussit à composer le numéro.

À l'autre bout du fil, la voix rauque de quelqu'un qui s'arrache péniblement à un profond sommeil; tendu, il essaie de prononcer son nom, espérant s'accrocher au son de cette voix familière et rassurante comme à l'improbable branche sur le flanc d'une falaise; mais,

— Allô? Allô? répète-t-elle, s'évertuant à discerner quelque mot intelligible à travers les échos gutturaux qui résonnent à son oreille.

Ne le reconnaissant pas, elle finit par raccrocher, l'abandonnant au vertigineux gouffre creusé en lui par l'interminable hurlement bestial qui s'étire, se tord et se perd au plus noir des ténèbres.

Sainte-Foy, février 1988

En prime avec ce coffret!

TOUT CE DONT VOUS AVEZ
TOUJOURS RÊVÉ :
DANS CE COFFRET!

En tout cas, voilà ce que claironnait le dépliant, en gros caractères d'imprimerie argentés sur fond bourgogne. Un petit coffret en bois d'acajou, à peine plus gros qu'un dictionnaire, avec des anneaux de bronze en guise de poignées. Dès que Marcel le ramena dans l'appartement, Isabelle Icare sut qu'il était maudit. Pas par déduction logique, ni par clairvoyance, ni même au moyen d'une présumée intuition féminine — notion farfelue à laquelle seuls les mâles croyaient. Rien de tout ça. Isabelle le sut. Juste comme ça.

— Où l'as-tu pris? répéta-t-elle, pour la troisième fois peut-être.

— Je viens de te le dire. Devant la porte.

— Eh bien, c'est pas moi qui l'ai commandé, non...

— Fais pas ces yeux-là, se défendit Marcel, refusant le reproche implicite.

— Mais qu'est-ce que c'est, au juste?

— Aucune idée, répondit-il, haussant les épaules et secouant le coffret vide.

— Une bombe ? risqua-t-elle, à demi consciente du ridicule de son angoisse sans nom.

— Je ne crois pas, non, railla son homme en y plaquant une oreille. Pas de tic-tac, en tout cas.

Des doigts glacés flattèrent le dos de la jeune femme. Dans sa tête valsaient d'abominables démons qui attendaient le jour où quelque naïf mortel les libérerait de leur prison séculaire. Des images d'esprits maléfiques qui rêvent de recouvrer leur suprématie sur les chrétiens vivants.

La voix lointaine de son compagnon ramena brusquement Isabelle à la réalité.

— Et alors ?

— Et alors quoi ?

— On essaie de l'ouvrir ? reprit-il tout naturellement, comme si ça allait de soi.

— On ne sait même pas à qui c'est, Marcel.

— On l'a déposé à notre porte…

— *Li pa pou nou, Marcel* *, trancha-t-elle sur le ton sec et décisif du point final.

— *Hò-hò ?* Tu vas me dire que t'es même pas curieuse de savoir ce que…

— Pas le moindrement, l'interrompit-elle à nouveau, en lui reprenant le coffret. Je le remettrai au concierge demain matin. Maintenant, viens ; le souper va refroidir.

Le souper : quelle blague ! Même avec toute la bonne volonté du monde, il n'aurait pu réprimer une grimace à la vue de la modeste table. *Pardon, Marcel,* songea-t-elle. *J'aurais tant aimé pouvoir t'offrir plus ; tu*

---

* « Ça ne nous appartient pas, Marcel. »

mérites bien mieux, mon chéri. Le Bon Dieu sait que nous tous méritons mieux!

Sans un mot, Marcel Césaire tira sa chaise et prit place. D'un geste distrait, il chassa les quelques mouches qui survolaient son assiette tout en s'efforçant de sourire à la petite dame en face de lui. Elle faisait de son mieux, il le savait bien.

Malgré ça, tout au long du repas, il eut toute la misère du monde à détourner les yeux du coffret.

*
* *

Le visage de chocolat illuminé par le blême éclat de la télé noir et blanc, les yeux ronds comme des pièces de vingt-cinq cents, la bouche grande ouverte, il ressemblait à un gamin gourmand en train de se gaver de douceurs. Le monde factice de *Dynasty* l'hypnotisait littéralement.

Juste à l'observer, Isabelle se sentit pénétrée de nouveau par une vague et anonyme tristesse. En un éclair, elle revit tous les événements qui avaient suivi leur départ du Cap. Leur venue à Montréal, il y avait bientôt huit ans. Cette maîtrise en anthropologie pour laquelle elle avait tant bûché et qui ne lui avait jamais servi à rien. Le refus quasi viscéral d'étudier de Marcel et son incapacité de garder un emploi permanent. Ses propres journées au magasin Van Houtte, pour un salaire ridicule. Cet appartement pourri qu'ils partageaient avec la vermine et l'aliénation. Soudain, elle éprouva la violente envie d'être serrée fort fort, d'éclater en larmes dans les bras de son homme. Hélas! elle n'était plus une fillette.

Près de dix minutes s'étaient écoulées depuis qu'elle s'était adossée au cadre de porte pour lui parler. Et il n'avait toujours pas répondu.

— Pour la énième fois, soupira-t-elle, viens-tu te coucher?

— Pas tout de suite… Je veux voir le tirage de la loto.

Elle ferma les yeux. Quand apprendrait-il donc?

— Bon, mais ne reste pas trop tard, non. N'oublie pas ton rendez-vous…

— Rendez-vous?

— Avec Charlot, souffla-t-elle le plus calmement possible. Pour le job de déménageur… Tu te souviens?

Ces mots coulaient sur lui comme de l'eau sur le dos d'un canard. Pas même une seconde il n'avait détourné les yeux de la télé.

— *Han-han… M'pa't blye, non…**

Hochant la tête et laissant tomber les épaules, Isabelle abandonna. À quoi bon? Les soucis de Blake Carrington et compagnie semblaient préoccuper Marcel beaucoup plus que les leurs. Qu'il oublie l'entrevue ou non ne changerait probablement pas grand-chose; il ne serait presque sûrement pas engagé de toute manière. Malheureusement pour elle et lui, Marcel Césaire appartenait à la catégorie de gens qui voudraient tout obtenir gratuitement. Un adepte de la loi du moindre effort, voilà. Malgré cela, Isabelle l'aimait. *Trop, sans doute,* se dit-elle en tournant les talons, découragée. Mieux valait se coucher; *elle* aurait à se lever de bonne heure pour le travail!

---

* « Oui, oui… Je n'avais pas oublié. »

Elle le pria de baisser un peu le son de la télé mais, cette fois encore, Marcel n'écoutait pas. Désabusée, elle ne daigna pas répéter et referma la porte derrière elle.

Au moment où le générique défilait à l'écran, Marcel Césaire prit peu à peu conscience du fait qu'Isabelle n'était plus là depuis un bon quart d'heure.

Pas encore trente ans et déjà blasés! Que leur arrivait-il, au juste? Marcel ne parvenait pas à mettre le doigt dessus. Bien qu'elle se trouvât dans la chambre d'à côté, il estimait que jamais auparavant sa compagne ne lui avait semblé si lointaine. Si seulement ils pouvaient se remettre à dialoguer comme avant. Si seulement ils réussissaient à crever l'abcès avant que lui ne les crève. Si seulement…

À la télé, on procédait au tirage de la loterie.

Le regard de Marcel erra à travers le désordre qu'était devenue leur vie. Pour finalement. Aboutir. Sur le frigo.

Le coffret.

Si seulement…

*
*   *

À son retour du travail, Isabelle Icare se sentait d'une humeur encore plus massacrante qu'à son réveil. Son dos la faisait souffrir, elle avait des fourmis dans les jambes et une migraine brûlante. Quelle futilité! Quatre ans d'université et pourquoi? Passer ses journées à servir le café à des regards hautains et distants! Le soleil rouge de la fin août s'éclipsait peu à peu derrière les immeubles. Déjà neuf heures et quart. Dans le parc, deux gamins s'échangeaient un ballon de soccer; ils interrompirent leur jeu, juste le temps de la laisser passer. L'un d'entre eux, un petit arabe, lui sourit. Elle voulut lui rendre la politesse mais s'aperçut subitement qu'elle ne savait plus comment.

Elle reconnut instantanément la BMW devant l'immeuble. M. Robinson. Le proprio ! Elle se faufila vers le garage. Sans doute venait-il réclamer le loyer. Déjà de très mauvais poil, Isabelle ne tenait pas particulièrement à l'affronter maintenant. Elle se détesterait encore plus qu'elle ne le détestait lui, s'il fallait qu'elle ait à demander un nouveau sursis d'une semaine.

Au bout d'une quinzaine de minutes, elle le vit redescendre vers sa voiture. Il examinait une poignée de chèques avec un air de voracité mêlée de scepticisme. Comme s'il n'arrivait pas à croire que tout cet argent soit à lui. Le pingre ! Il était vraisemblablement passé faire la collecte en personne. Isabelle souhaita qu'il ne revienne pour elle que dans une semaine. Ou même deux, de préférence.

Elle ne le vit pas partir, mais s'aperçut à un moment donné que la BMW n'était plus là.

Lentement, presque à contrecœur, Isabelle quitta sa cachette et s'engagea dans l'escalier en se demandant ce qu'elle trouverait là-haut et si elle y avait encore sa place...

Comme elle approchait du troisième, une musique à tout casser parvint à ses oreilles mais elle ne l'entendit vraiment que lorsqu'elle fut devant la porte de chez elle. *Yon fèt ? Lakay ?**

Une mulâtresse qu'elle ne connaissait même pas vint lui ouvrir. Un étouffant parfum de marijuana l'assaillit dès son entrée.

---

* « Une partie ? Chez nous ? »

— Où est Marcel ? demanda-t-elle, contenant à peine sa colère, mais la mulâtresse était bien trop soûle pour lui répondre intelligiblement.

— *Hò, Ti-belle !* s'exclama Germain Pierre en l'embrassant dans le cou, comme à son habitude. *Kòman ou ye ? Nou pa wè lontan...**

Isabelle demeura de glace, ne fit pas le moindre effort pour réprimer le dégoût que lui inspirait Germain. Il incarnait à lui seul tout ce qu'elle détestait chez un Haïtien : joueur, frivole, laid, menteur, paresseux... Le type même du *san-manman***, ce genre de flâneurs dont le comportement semble encourager le racisme.

— En effet, il y a longtemps et, crois-moi, je ne m'étais pas ennuyée, fit-elle sans chaleur.

Pas très loin d'eux, un farceur ivre levait la jambe pour imiter la fille dans la réclame-télé de Hochtaler.

Isabelle trouva Marcel endormi sur son lit. En bras de chemise, une bouteille de Barbancourt Cinq Étoiles dans une main, une femme dans l'autre. Bien plus tard, elle apprendrait que le nom de celle-ci était Louise mais pour le moment, elle n'était aux yeux d'Isabelle qu'une inconnue à l'allure obscène et vulgaire.

— Marcel, s'énerva Isabelle en le secouant énergiquement. Marcel, réveille-toi ! J'ai à parler avec toi.

— *Hò se ou ?* articula-t-il, à demi somnolent. *Kou-nyèr ou rive ?****

Elle ne prit pas la peine de répondre à cette évidence et traîna son homme jusqu'au balcon de la cuisine.

---

* « Comment va ? Il y a longtemps qu'on ne s'est vus... »

** Littéralement : « sans mère ». Se dit de quelqu'un qui semble n'avoir reçu aucune éducation, un va-nu-pieds.

*** « Oh, c'est toi. Tu viens juste d'arriver ? »

— J'ai appelé Charlot, cet après-midi…, commença-t-elle sans finir, laissant planer un reproche.

— Ah? Et comment il va? dit-il innocemment.

— Tu n'es pas passé à son bureau…

— Et puis? bâilla Marcel.

— Il a engagé quelqu'un.

— Et puis?

— Et puis? Et puis? *Tònnèr! Ou'te bezwen job sa'a, enbecil! Nou'te bezwen lajan sa'a pou lwayea…*

— *Pa enkyete pou lwaye'a. M'te paye'l.**

— Avec quel argent? Et d'abord, qu'est-ce qui se passe ici, au juste? Qui paie pour cette orgie?

— Du calme, du calme… J'ai rien volé.

— Où as-tu eu cet argent? le pressa-t-elle de répondre, soupçonnant le pire. Si tu es retourné aux courses avec ce va-nu-pieds de Germain Pierre, je t'avertis que je…

— Relaxe, prends ça *cool*, l'interrompit-il sur un ton des plus apaisants. On est allé nulle part, Germain et moi… Et puis, y avait même pas de courses aujourd'hui.

— D'accord. Alors, où l'as-tu eu? persista Isabelle.

— Disons que c'est un don, déclara-t-il, sourire de satisfaction aux lèvres. Un don du Ciel…

Sans un mot, elle affronta son regard, se retenant de ne pas exploser en un cri de fureur. Il avait mal choisi son moment pour jouer. Elle tourna les talons et marcha d'un pas résolu vers le téléphone.

---

* « Tonnerre ! Tu avais besoin de ce job, imbécile ! Nous avions besoin de cet argent pour le loyer ! — T'inquiète pas pour le loyer : je l'ai payé ! »

— *Mete kiki sou nou!** criait à tue-tête un *tou-riste***, quelque part dans l'appartement.

— Bon, ça fera, hein ? Si tu ne me dis pas toute la vérité immédiatement, j'appelle la police, le menaça-t-elle en décrochant le combiné. Alors ?

— *Ou ta fè sa vre ?**** s'inquiéta Marcel.

— Écoute, Marcel, rétorqua Isabelle, portant le combiné à son oreille. Je t'aime, tu le sais, mais je n'ai rien à foutre d'un voleur.

À travers la dureté de cette voix, Marcel Césaire ne reconnaissait plus la jeune ingénue qu'il avait connue sur la place Montarcher. Les dernières années l'avaient tant transformée…

— Okay, capitula-t-il enfin.

Elle raccrocha, prête à écouter son histoire.

Il lui parla alors de sa soirée de la veille devant la télé, de son rêve de gagner à la loterie, gagner ne serait-ce que le plus infime montant, gagner pour une fois ! Il lui expliqua comment une voix intérieure l'avait guidé jusqu'au coffret. En serrant les poignées, il avait souhaité fort fort de gagner n'importe quoi. Et le coffret s'était ouvert et il y avait trouvé les billets. Mille dollars en petites coupures !

À ce moment, énervé comme un adolescent à sa première sortie, il se tut. Un rire nerveux vibrait dans sa gorge. Isabelle arqua un sourcil. «Tu ne me crois pas, hein ? lut-il sur le visage de sa femme. *Tann mwen,*

---

* Intraduisible. Le plus proche équivalent serait : « Levons le coude ! Buvons ! ». Encore que ce ne soit pas tout à fait ça.

** Péjorativement : quelqu'un de pas très sérieux.

*** « Tu ferais ça ? »

m'apwèy montro'w *. C'est quoi encore, une bague ? un bracelet en ivoire ? Non, un collier de perles que tu veux depuis toujours... » Il prit le coffret d'acajou et le posa sur la table, puis se frotta les paumes sur les cuisses.

Malgré elle, un frisson la traversa. Bien qu'elle se refusât à croire en son abracadabrante histoire, le coffret inspirait toujours à Isabelle la même inquiétude. Marcel serra les anneaux de bronze dans ses poings, ferma les yeux pour mieux se concentrer. *Ridicule,* songea-t-elle, *il manque seulement les roulements de tambour...*

Comme par magie, le couvercle du coffret s'entre-bâilla lentement. « Non », murmura Isabelle, abasourdie, tandis que Marcel tirait du coffret la rivière de perles dont elle avait toujours rêvé.

— Jésus-Marie-Joseph ! s'étonna-t-elle en tendant la main avec appréhension, comme pour toucher à une plaie. Mais c'est vrai...

— *Han ! Sa m'te di'w ?* ** triompha Marcel.

— Jésus-Marie-Joseph ! répétait-elle en palpant ce qui ne pouvait être que des perles. Je ne rêve pas...

— Pas du tout, chérie, fit son homme fièrement, en lui passant le collier autour du cou. Magnifique, non ?

Sans répondre, Isabelle baissa la tête, tout en faisant rouler chaque perle entre son pouce et son index. Magnifique, effectivement. Néanmoins, elle n'arrivait pas à se défaire d'une certitude de sentence de mort prononcée contre eux par quelque tribunal secret et malveillant. *Superstitieuse !* tentait-elle de se raisonner, mais elle n'y arriva pas tout à fait.

---

* « Attends un peu, je vais te montrer. »

** « Ha ! Qu'est-ce que je te disais ? »

— Chéri, j'ai peur…

— Peur de quoi ? C'est un cadeau du Ciel, je te dis.

— Marcel, je ne crois pas que c'est bien, bre-douilla-t-elle, elle-même peu sûre de ce qu'elle entendait par là. Je veux dire… peut-être qu'on ne devrait pas…

— Et pourquoi ça ? Qu'est-ce qu'il y a de mal à rêver et à voir ses rêves se matérialiser ? C'est quelque chose de fantastique, pas effrayant ! Qu'est-ce qu'il y a de mal à être heureux ?

Rien, semble-t-il, se dit Isabelle qui s'évertuait à s'en persuader elle-même. Mais elle ne parvenait qu'à renforcer cette idée qui germait dans sa tête : *les bonheurs faciles ne peuvent être que vains et de courte durée…*

— *Hot party, man !* criait Germain à Marcel qui se hâtait de remettre le coffret magique à sa place. *Hot party !*

En effet. Et en dépit de cela, Isabelle trouva le moyen de frissonner à nouveau en serrant son collier.

*
*   *

Le principe de la conservation de la matière peut s'énon-cer comme suit : rien ne se perd, rien ne se crée. Il n'existe aucune gratuité dans la Nature. Alors, il fallait bien que tous ces « dons célestes » viennent de quelque part. Il le fallait bien et pourtant, d'où exactement ? Isa-belle Icare n'aurait su le dire et Marcel Césaire s'en fichait éperdument. Pour lui ne comptaient plus que les envolées de ses rêves. Durant les jours qui suivirent, il se paya une Jaguar de l'année ; les plus luxueuses garde-robes pour elle et lui ; une maison de campagne où il comptait emménager dès la fin de semaine suivante ; et un avion privé et un yacht et quoi encore ? Isabelle finit par perdre de vue le compte de ses folles dépenses.

Ce qu'elle ne perdait pas de vue, par contre, ce qu'elle redoutait à chaque instant, c'était cet autre principe plus ancien encore : *pouvoir absolu...*

*
* *

« Quand, Marcel ?

— Quand quoi ? » laissa tomber Marcel, contrarié, en ajustant le nœud de sa cravate.

— Quand vas-tu mettre un frein à ça ? Tu n'as pas arrêté depuis lundi : une auto, une maison et Dieu sait quoi encore...

Marcel se détourna brusquement de son miroir, curieux de savoir où elle voulait en venir, las de ses incessantes récriminations.

— Bon sang, poursuivait-elle, tu ne vois pas ce que ce damné coffret te fait. Il te hante, t'obsède, te domine ! Tu te rends compte, toi qui disais que contrairement à tes ancêtres, tu ne serais jamais l'esclave de personne...

— *Suspann non !** explosa-t-il, excédé. Quand vas-tu mettre toi-même un frein à ton babillage ? Pourquoi faut-il que tu questionnes tout ? Tu ne pourrais pas te contenter de jouir de la vie et de la fermer ?

— Pas à ce prix-là, Marcel. Regarde ces vêtements, ces meubles... C'est pas à nous, chéri. C'est pas nous !

— Qu'est-ce que tu racontes ? se scandalisa-t-il. Depuis que nous sommes venus dans ce maudit pays, on

---

* « Arrête, veux-tu ! »

nous a tout pris. Nos mères qui ont dû se tuer à l'ouvrage, à frotter la lessive, cirer les planchers, garder les enfants du Blanc ; nos sœurs, obligées de vendre leur corps dans la rue ; et nos frères qui pourrissent en prison parce qu'ils ont eu faim et froid… On m'a tout pris, je te dis, jusqu'à ma fierté, mon respect de moi-même, Isabelle ! «Baisse les yeux, courbe l'échine ; *se fout nèg sal ou ye, ret nan ròl'ou.** » On m'a tout volé et tu crois que je vais me gêner pour prendre ma part du gâteau ?

— Marcel, Marcel, reprit-elle, diplomate. N'as-tu jamais envisagé que peut-être le vrai propriétaire du coffret pourrait revenir et tout reprendre ?

— Faudra me tuer d'abord ! Tout ça, ce sont mes rêves ! À moi ! Personne ne pourra me les enlever ! Rien ni personne ne se dressera plus entre eux et moi !

Pas même moi, apparemment, compléta tristement Isabelle en elle-même.

Ils restèrent debout, l'un en face de l'autre, à se regarder. À s'efforcer de discerner s'il existait encore quelque chose qui les attachait l'un à l'autre. Sans doute par crainte de la vérité, Marcel toussota et ajouta, un peu plus doucement : «Germain et les filles m'attendent en bas. On va aux courses. Tu veux venir ?»

— Non, merci.

— À ta guise, fit Marcel en haussant les épaules et en attrapant son portefeuille au passage.

Bientôt, la porte se referma derrière son dos.

Isabelle demeura immobile au milieu du silence. Seule avec ses regrets. Sans savoir pourquoi, elle repensa aux gamins qu'elle avait croisés dans le parc l'autre jour.

---

* «Tu n'es qu'un sale nègre, contente-toi de ce qu'on te donne ! »

Puis ses yeux se posèrent sur le coffret d'acajou sur la table du salon.

Et alors, elle ne pensa plus à rien.

*

* *

Le soleil de dix heures la surprit dans le grand lit. Seule. Apparemment, Marcel avait trouvé un meilleur endroit où passer la nuit. Ou, s'il ne l'avait pas trouvé, il l'avait tout simplement fait apparaître, pourquoi pas?

Péniblement, elle se leva, encore vacillante de la dernière bouteille de rhum. Au fond, elle avait été stupide de penser pouvoir punir Marcel en se soûlant avec son alcool, puisqu'il pouvait désormais en avoir à volonté. Dégoûtée d'elle-même, Isabelle se traîna tant bien que mal jusqu'à la salle de bains. Bien consciente qu'il lui faudrait plus qu'une douche froide pour la remettre d'aplomb. Un bon café, peut-être…

À sa troisième tasse, elle vint s'asseoir dans le fauteuil masseur qui avait remplacé leur vieux sofa. Son regard fit le tour du salon, incapable de se fixer sur un seul objet qui eût pu lui certifier qu'elle se trouvait bien dans son propre salon, chez elle. Tout était si propre, si rangé… et presque trop beau!

Devant elle. Le coffret.

Silencieux. Sinistre.

Presque moqueur.

La brume se dissipait, ses pensées s'éclaircissaient enfin. Elle ouvrit la bouche et articula lentement, appuyant sur chaque syllabe:

— Assez joué! Bas les masques! Je vous ai reconnu! C'était donc ça, votre prix! Il avait raison: on nous a tout pris et maintenant vous voulez me le prendre aussi, c'est ça ? Vous voulez me voler mon Marcel, c'est ça ?

Évidemment, le coffret ne répondit mot.

« Où est-il, maintenant ? reprit-elle après une gorgée de café. Où est Marcel ? Qu'avez-vous fait de lui ? »

Encore là, le coffret ne répondit pas.

« Qu'avez-vous fait de lui, pour l'amour du Ciel ? s'écria-t-elle en saisissant son ennemi pour le projeter à bout de bras contre le mur. Qu'avez-vous fait de lui ? »

Elle se précipita à la cuisine, y chercher un marteau avec lequel elle frappa sur le coffret, sans parvenir même à en égratigner le bois. Hurlant sans cesse : « Je vous hais ! »

Au bout d'un moment, elle s'écroula, exténuée. Vide. Désespérée. « Redonnez-moi mon Marcel, je vous en prie, sanglota-t-elle. Je ferai tout ce que vous voudrez. Faites votre prix, reprenez toutes vos saloperies, si le cœur vous en dit… Je suis prête à donner n'importe quoi… »

Le coffret demeura inerte tandis qu'Isabelle sombrait de plus en plus dans la dépression nerveuse.

Puis, sans avertissement, il ouvrit sa gueule béante…

*
* *

La voiture approchait de l'immeuble lorsque la chose se produisit. Ni Germain, ni Louise, ni les autres ne comprirent. Sans avertissement, la Jag se volatilisa, comme le carrosse après le douzième coup de minuit. De même pour les bijoux et les habits de Marcel ; ils cédèrent la place à ses vieilles frusques.

Marcel Césaire s'élança vers son appartement.

— *Fuckin' nigger!* jurait M. Robinson qui l'attendait devant l'immeuble, qui le talonnait dans l'escalier. Ton chèque de l'autre jour était sans provision ! J'aurai ta peau, pour ça ! *I'll have you evicted! I'll sue you! I'll...*

Marcel ne porta guère attention à ces menaces. Il gravit les marches quatre à quatre jusqu'au troisième, sans se détourner, sans une pause pour reprendre haleine.

Il trouva son appartement exactement comme il avait été une semaine plus tôt. Sale. Désordonné. Son télécouleur à écran géant, sa chaîne stéréo haute fidélité, son immense bar ainsi que tous les meubles, tableaux, sculptures et autres présumés «cadeaux du Ciel» — tout avait disparu. Sans laisser la moindre trace. *Rendons à César ce qui est à César,* aurait dit Isabelle...

Isabelle ?

Mais où était-elle ?

Et le coffret ?

Il fouilla l'appartement de fond en comble mais ne trouva qu'un petit bout de papier argenté sur la table du salon. Un genre de facture sur laquelle il pouvait lire une inscription à l'encre rouge vif, en caractères dégoulinants :

PAIEMENT REÇU
ESPÉRONS QUE LE SERVICE
A SATISFAIT VOS ATTENTES

Il dut la relire au moins trois fois avant de comprendre.

Et de se mettre à hurler.

Jonquière, août 1985

La bouche d'ombre

Des bouches d'ombre pouvaient s'ouvrir partout,
en plein jour, sous le plus radieux des soleils, et
me happer.

Jean-Paul SARTRE,
Les mots

Il est en train de se raser lorsque la chose se produit et la surprise est telle qu'il se coupe. Avec un gémissement semblable à celui d'une femme en travail, les lèvres boursouflées s'entrouvrent à mi-chemin entre son miroir et lui, exhalant une haleine putride vers son visage et crachant une poisseuse coulée cramoisie. Résistant à la frayeur qui l'envahit chaque fois malgré lui, il serre les paupières et plisse les sourcils dans un effort concentré pour refermer le gouffre qui cherche à l'avaler.

La bouche d'ombre disparaît sans laisser la moindre trace.

Comme d'habitude.

Avec un soupir, il éponge sa coupure, finit de se raser en pensant distraitement qu'il devrait peut-être passer au foyer après sa journée à la cour.

*
* *

Le Palais de justice se trouve à un kilomètre de chez lui; comme toujours, il déjeune au *Manje Lakay* *, avant de prendre l'autobus de midi trente. En lui amenant une assiette de maïs moulu aux haricots rendu écœurant par une quantité invraisemblable de sauce, Marie-Marthe, la sympathique serveuse, lui demande des nouvelles de sa mère et il répond spontanément, presque sans y penser. Quelqu'un, quelque part dit alors: «*Son sèl manman yon nèg genyen***.*» Mais déjà. Il est. Ailleurs.

Une maisonnette adossée à un morne surplombant une vaste caféière, quelque part au sud de Jérémie.

La lumière se tord, tout vacille: il craint que la chose ne se reproduise ici, au milieu de tous ces gens prêts à le juger. À le condamner.

Étourdi, les tempes bouillonnantes, il parvient à se lever et court jusqu'aux toilettes, là où au moins il pourra affronter en tête à tête sa bête noire.

Qui, curieusement, ne se manifeste pas.

*

* *

«... la réunion du comité organisateur du concert-bénéfice pour la coopérative Haïti-Secours. Tu te souviens, je t'en avais parlé l'autre soir...?»

— Oui, Nadine; seulement, j'ai promis à maman de passer la voir...

— Des excuses, toujours des excuses! Tu trouves toujours le moyen de te défiler dès qu'on te parle de t'engager pour aider les tiens. C'est pas sérieux, ça...

---

* « Cuisine de chez nous. »
** « On n'a qu'une seule mère. »

— Ah, tu es injuste et tu exagères, chérie. J'étais présent à votre dernier colloque, non ?

— Oui, mais combien de temps ?

Une pause.

— Bon, écoute : je ne promets rien, mais j'essaierai de passer à votre local à mon retour du foyer.

Silence vitriolique à l'autre bout du fil. Puis :

— Tu ne pourras pas passer ta vie à fuir les responsabilités. Un jour ou l'autre…

— Oh, s'il te plaît, Nadine !

Soupirs.

— Je suis désolée. Pour toi, je veux dire. En tout cas, dis à ta mère que je l'embrasse.

— Je n'y manquerai pas, répond-il, mais déjà elle a raccroché.

Il reste un instant à fixer le récepteur bourdonnant dans sa main, cherchant la source du gémissement qui emplit sa tête.

*
*   *

Assise dans son coin, la vieille demeure silencieuse et grise. Comme une esquisse au fusain estompée par l'oubli. Absents l'un à l'autre, elle et lui communient d'un amour terne qui a fini par ne plus savoir se dire. Parce qu'ils auraient été trop à l'étroit dans le petit deux pièces et demie qu'il habitait à l'époque, il l'avait placée au foyer. En attendant de trouver quelque chose de mieux, disait-il. Pourtant, près de huit ans plus tard, même maintenant que les affaires de son cabinet vont on ne peut mieux, il ne lui a toujours pas trouvé de place. Pas même dans le spacieux studio qu'il s'est offert. Lassée par les excuses, la vieille s'est résignée à attendre patiemment son heure dans ce foyer en deuil de soleils.

Il leur arrive parfois d'échanger quelques mots, quelques phrases à peine senties pour masquer le malaise. Écraser le temps. Il lui demande par exemple ce qu'elle a pensé de telle ou telle exposition qu'elle aurait visitée durant la journée ; elle lui demande où il en est dans sa relation avec Nadine. Et inévitablement, ils finissent par retomber dans le silence sans fond auquel ils ont fini par prendre goût.

Aujourd'hui, ils discutent du père pour la première fois depuis des années. Avec un certain détachement. Lui n'a connu du défunt que de vieilles photos noir et blanc aux coins racornis, une ou deux anecdotes. Très jeune, elle avait emmené veuvage et fils unique en cette terre de gel, espérant pouvoir recommencer à neuf. Aujourd'hui, elle soupire son désir de retourner mourir sur le sol natal et d'être enterrée auprès de son bien-aimé. Il s'indigne de ces propos lugubres. Sans vigueur. À vrai dire, il sait fort bien qu'elle a sans doute raison, qu'il vaudrait mieux pour eux qu'elle meure au plus vite.

Plus tard, étendu sur son lit, il arrive à la conclusion que le mieux, ce serait qu'il retourne d'abord en son sein et qu'ensuite elle meure.

Et il doit user de toute sa concentration pour repousser la monstrueuse bouche que cette pensée rappelle toujours.

*
*   *

78

Avant la reprise des audiences, il essaie de joindre Nadine pour s'excuser d'avoir oublié leur rendez-vous de la veille, mais en vain. Peut-être a-t-elle délibérément décroché le combiné. Nadine et lui n'ont jamais défini la nature exacte de leur liaison, mais il n'a jamais imaginé qu'il puisse s'agir d'amour. Cependant, pour la première fois depuis qu'ils se fréquentent, la question le tracasse outre mesure ; même qu'une fois revenu devant le tribunal, il n'arrive pas à l'évacuer de son esprit.

Ce matin, il défend une grosse brute accusée d'avoir battu son épouse. La tête enflée d'images de Nadine et de sa mère, il interroge impitoyablement la victime quand, soudain, la Couronne soulève une objection.

Qu'il n'entend même pas.

Le gémissement familier se gonfle comme une baudruche et emplit le tribunal d'une agonie à laquelle lui seul est sensible. La bouche d'ombre, éveillée, souffle vers lui une bouffée chaude et humide qui le secoue tout entier.

Il ferme les yeux et tente de protéger ses oreilles mais le mal, il le sait très bien, vient de l'intérieur. Craignant l'inévitable, il se fraie un chemin à travers questions et inquiétudes puis se met à courir, hors de la salle d'audience, hors du Palais de justice, hors de lui-même.

Bien en vain, à vrai dire, car peu importe la vitesse à laquelle on court, la mort gagne toujours par une longueur.

*

*   *

Une brève cérémonie, à l'image de la disparue, discrète et sans éclat. De nature timide, elle n'avait pas lié beaucoup d'amitiés depuis son arrivée au Canada ; aussi, peu de gens sont venus pour cet ultime hommage. Les quelques personnes présentes — une cousine au troisième degré, un demi-frère et une poignée de vieillards qui l'avaient côtoyée au foyer — se conforment aux rites et aux usages de ce genre de manifestations, ânonnent des banalités et serrent sans vigueur sa main de meurtrier.

Il en a pleinement conscience : ce n'est pas une improbable crise cardiaque qui a emporté sa vieille mère — comme le prétend la directrice du foyer, de crainte d'affoler les autres vieillards —, ni même les barbituriques qu'elle avait subtilisés à l'infirmière de service. Quand bien même il protesterait de son innocence, l'odeur de sang sur ses mains ne lui permettrait jamais d'y croire.

Heureusement, il n'y avait pas eu trop de problèmes avec la direction du foyer et, conformément à ses dernières volontés, on ne l'avait pas exposée. Bien sûr, elle avait également et à maintes reprises exprimé son désir d'être portée en terre en Haïti, lui rappelle le vieux pensionnaire avec qui elle avait l'habitude de jouer aux échecs, mais jamais il ne saurait s'y résoudre. Égoïsme ou simple caprice d'enfant gâté ? Il n'oserait le dire. Il aimerait pardessus tout avoir Nadine près de lui pour en discuter avec elle et peut-être même se laisser aller à pleurer sur son épaule. Comme sa mère, elle a toujours su le comprendre mieux que lui-même — et n'est-ce pas la raison pour laquelle il hésite depuis toujours à resserrer ses liens avec elle ? Hélas, depuis deux jours, il n'arrive pas à la joindre et la série de messages qu'il laisse sur son répondeur demeure lettre morte.

Des minutes, plus probablement des heures durant, il picore dans son assiette, sans grand appétit. En quête désespérée de ces larmes qui, refoulées en quelque obscur recoin de son être, se refusent à couler.

À son entrée, Ferdinand, le gérant du *Manje Lakay*, qui avait appris la nouvelle, l'avait aspergé d'une vague de regrets et de condoléances plus visqueuse encore que la sauce au gombo qui submergeait les aliments. Plus discrète et plus compréhensive, Marie-Marthe avait laissé ses yeux lui transmettre sa sympathie.

À un moment donné, il ne se souvient plus de l'heure qu'il pouvait être, deux officiers de police sont entrés pour parler à Ferdinand. Bien que les bribes de conversation qu'il avait pu saisir aient porté sur un cambriolage dans le quartier, il n'avait pu se défaire de l'impression qu'un des policiers glissait un regard suspicieux vers lui. Même maintenant, longtemps après leur départ, il se demande encore si cette enquête n'était pas qu'un prétexte pour entrer et le surveiller.

Perdu dans ses pensées, il ne prend conscience de la fermeture imminente du restaurant que lorsque Marie-Marthe vient l'en informer timidement. Grimaçant un sourire pitoyable, il la laisse disposer de son assiette à peine entamée et se résigne à se diriger vers la caisse derrière laquelle se tient le gérant, détestablement compatissant.

D'un pas mal assuré, il marche vers l'abribus le plus proche, s'interrogeant distraitement sur son absurde réticence à s'acheter enfin sa propre voiture, surtout mainte-

nant qu'il en a les moyens, de même que sur son entête-
ment à venir manger tous les jours dans ce restaurant
médiocre une nourriture qui le dégoûte. *« Son sèl manman
yon nèg genyen »*, raille alors une voix perdue dans le
vent, mais il n'aperçoit personne dans la nuit qui l'en-
toure. S'adossant à la vitre de la cabine, il prend quelques
profondes respirations, s'évertuant à maîtriser son rythme
cardiaque qui s'affole sans raison.

— Tu risques d'attendre longtemps; le dernier
autobus est passé depuis un bon moment, déjà…

Il se retourne vers la jeune femme au volant de la
Renault 5 arrêtée devant lui et quelque chose dans cette
voix, dans ce sourire, réussit à apaiser la bête qui s'agite
furieusement au-dedans de lui. Il s'est presque fait à l'idée
de prendre un taxi ou de marcher lorsque Marie-Marthe
lui propose de le reconduire jusque chez lui. Et peut-être
parce que pour la première fois de sa vie le silence de la
nuit l'effraie, il accepte la *roulib* et monte à bord de la
petite voiture.

*
* *

Une nuit, couché aux côtés de Nadine dans ce même lit,
il s'était moqué de la volonté de sa mère de lui trouver
une épouse avant de mourir — à croire qu'elle l'imaginait
incapable d'exister sans une présence féminine dans sa
vie. « Elle a raison, non ? » lui avait alors demandé Nadine,
son sourire lui défendant bien de conter des histoires, et
lui n'avait osé répondre. Il n'avait jamais su mentir ni à
Nadine ni à sa mère, seulement à lui-même.

Cette nuit, blotti contre ce corps tendre et chaud
qu'enfin il daigne admettre comme n'étant pas celui de

Nadine, il se rend compte de toute la vanité de cet enchaînement mécanique de paroles et de gestes qu'il n'avait pas eu la décence d'interrompre. Comédie des solitudes et des tristesses à accoupler. Échange rituel de sourires inhabités, de baisers de principe, de caresses sans vertiges qui ne saurait trouver de sens ici.

Il scrute le visage de Marie-Marthe endormie et se surprend pour la première fois à la voir et à la trouver belle — pas *jolie* comme Nadine, mais tout bonnement belle, toute rayonnante d'une beauté intérieure qu'il ne peut apparenter qu'à celle de sa mère. Et il a mal, bon sang, mal de son incapacité à se sentir coupable face à sa mère et à Nadine qu'il a toutes deux trompées dans ce lit glacé. Alors il se met à ricaner, doucement, du rire monocorde et sinistrement musical du psychopathe sur le point d'étrangler sa victime.

— J'ai horreur qu'on me prenne en pitié, murmure-t-il comme s'il s'adressait à lui-même.

— Mmmmmmmmmmmm?

— J'ai horreur qu'on me prenne en pitié, répète-t-il en l'extirpant énergiquement des bras de Morphée.

Interloquée, Marie-Marthe le toise à travers des paupières plissées. Ils n'ont plus rien à échanger, sinon du silence.

*
* *

Midi le trouve encore assoupi en position fœtale à l'extrémité du lit où la chaleur de Marie-Marthe l'avait confiné.

Graduellement, il s'avise de son départ, à la fois soulagé de ne pas avoir eu à l'éconduire ce matin et honteux de sa conduite grossière. À tête reposée, il s'aperçoit soudain que la pitié n'avait rien à voir avec sa présence dans son lit, la nuit dernière ; jamais, au fil de toutes ces années, il n'avait soupçonné que les petites attentions et les clins d'œil de la serveuse aient pu receler autre chose que de la politesse professionnelle.

Au téléphone, il n'est guère attentif aux récriminations de son client, qui tente vainement de le joindre depuis sa sortie en trombe du tribunal. Et pleuvent injures et menaces à son oreille insouciante. *« Fout san-manman ! »* lui hurle la voix désincarnée à l'autre bout du fil, sans se douter qu'elle a tout à fait raison.

Le combiné encore en main, il compose le numéro de Nadine, laisse sonner quatre fois. À l'instant précis où il va raccrocher, on répond. La coloc lui transmet le message que Nadine a laissé pour lui il y a trois jours, juste avant son départ précipité pour Haïti, quelque chose qui ressemble beaucoup à un adieu définitif. Elle se laisse ensuite aller à quelques condoléances de convenance. Il raccroche avant même qu'elle ait fini. Confus, il songe à rappeler Marie-Marthe pour s'excuser, dissiper le malentendu et peut-être (qui sait ?) se racheter, mais il n'en trouve pas la force.

L'écho de ses pas sur le parquet de son studio beaucoup trop vaste résonne dans le vide de sa poitrine. Il passe à la salle de bains, entretenant l'espoir qu'un peu d'eau fraîche sur son visage suffira à le tirer de sa torpeur de . Curieusement, il s'étonne de ne trouver dans le miroir nulle trace du gamin au large sourire qu'il a été.

Son sèl manman yon nèg genyen, répète cette voix sans visage qu'il finit par accepter comme sienne.

« Le jour où tu te laisseras aller à pleurer sans gêne devant moi, ce jour-là, je serai convaincue que tu me fais confiance et que tu m'aimes vraiment », lui avait un jour déclaré Nadine. Les larmes lui avaient toujours paru manquer de subtilité ; que ne donnerait-il pas maintenant pour en verser ne serait-ce qu'une seule ?

On n'a qu'une seule mère.

La phrase résonne dans son crâne, telle une incantation *vodou* reprise en canon par une centaine d'officiants, et il n'en faut pas plus pour rappeler la bouche d'ombre.

Cette fois, son apparition n'éveille en lui ni surprise ni frayeur. Il a compris. Avec le gémissement coutumier, les énormes lèvres boursouflées, matérialisées à mi-chemin entre cette image qu'il n'avait jamais réussi à accepter et lui-même, s'ouvrent en l'éclaboussant de sang épais et en soufflant vers lui des relents d'éternité.

Avec résignation, il fait un pas vers la gueule béante et ténébreuse de l'oubli qui l'invite.

Montréal, août 1987

Métempsychose

À Sabine Anctil

« Madame Lucienne Cauvin, le docteur Fournier va vous recevoir à l'instant », annonça l'infirmière d'une voix monocorde qui traduisait la lassitude accumulée de toutes ses journées platement identiques et qui se propageait sans écho dans l'atmosphère raréfiée de la salle d'attente.

À la mention du nom du médecin, la jeune femme faillit s'étrangler avec une gorgée de café. Elle se tourna nerveusement vers l'homme assis sur le divan à côté d'elle.

— Qu'est-ce que t'as ?

— Rien, rien, je t'assure.

— Madame Lucienne Cauvin ? répéta l'infirmière, deux fois, trois fois, adjugé.

Elle attendit encore un peu, soupira, jeta un coup d'œil inquisiteur vers sa consœur réceptionniste qui haussait les épaules. Puis elle poussa la double porte pour enfin disparaître dans la gueule du couloir d'où elle était sortie. Nadja Eugène, qui l'avait jusque-là talonnée des yeux, détourna son regard et avala une nouvelle gorgée brûlante.

Un peu exaspéré, Franz Eugène se gratta la barbe puis arqua un sourcil.

— Veux-tu bien me dire qu'est-ce que t'as encore ?

— Je n'ai rien, Franz, fit-elle avec un peu trop de conviction pour être véritablement convaincante.

Ils avaient eu cette discussion trop souvent depuis le week-end ; elle n'avait désormais ni le goût ni le courage de la relancer puisque, de toute manière, son mari n'admettrait jamais qu'elle puisse avoir raison. Elle déposa son verre de *styro-foam* près de la pile de magazines sur la petite table devant elle.

— J'espère que tu ne te prépares pas à me pomper l'air avec tes lubies à propos de médecins...

— Oh, garde ce ton paternaliste pour quand on aura des enfants, d'accord ? Et puis d'abord, ce n'est pas moi qui ai ramené le sujet, mais puisque tu en parles...

Sur le divan d'en face, une vieille dame à la mine renfrognée la fustigea d'un regard où se mêlaient l'hostilité et le dégoût auxquels Nadja, même après dix mois au pays, ne s'était pas encore accoutumée. S'apercevant qu'elle avait haussé la voix un peu trop, Nadja baissa les yeux, à la fois honteuse et hantée par un vague mais obsessionnel désir de regagner sa Jacmel natale. « Puisque tu en parles, reprit-elle à mi-voix, laisse-moi te dire que, oui, je continue à penser que tu aurais dû aller passer cet examen à la clinique du docteur Gérard. »

— Tu es r-ri-ridicule ! bégaya Franz, comme chaque fois qu'il s'énervait. Je ne v-vois vraiment pas en q-qu-quoi ç'aurait été mieux de con-consulter ce *houngan**!

— C'est toi qui es ridicule, avec tes préjugés stupides ! Louis-Georges Gérard est un excellent médecin ; et de plus, c'est un ami de ma mère depuis...

---

* Prêtre *vodou*, mage. Par extension et péjorativement : quelqu'un dont la science médicale est douteuse.

— Ah, la paix ! L'usine m'a envoyé passer cet examen ici et c'est ici que je vais le passer ! Je suis sans emploi depuis mon arrivée ; je ne veux pas courir le risque de perdre cette occasion à cause de tes caprices ! Comprends donc qu'on n'est plus dans le système du *moun pa'm* * ici, c'est l'Amérique du Nord ! Comme dit le proverbe, *à la veillée des coucous* **...

...*même au risque de perdre son identité ?* objecta Nadja en elle-même, en maudissant les complexes de son mari qui, bien plus que les exigences injustifiées d'un éventuel employeur, lui faisaient préférer ce docteur Fournier aux médecins de la communauté. Elle n'eut cependant pas le temps de formuler sa réplique à haute voix que déjà :

— *Mister* Franz... *Yougiine ?* appela l'infirmière dans un anglais douteux.

Franz se leva et se retourna vers son interlocutrice, et son épouse remarqua distraitement qu'on avait remplacé l'infirmière qui annonçait les rendez-vous.

— Eugène, mademoiselle, rectifia-t-il. Franz Eugène, en français.

— Pardon, monsieur Eugène, s'excusa la nouvelle venue sans le faire véritablement. Vous avez votre carte ?

Franz brandit fièrement la carte de plastique rouge. « Très bien, veuillez me suivre, enchaîna l'infirmière en entraînant l'interpellé dans son sillage. Le docteur Gilbert vous recevra dans son bureau. »

---

* Copinage.

** Allusion au proverbe créole *si'w vle ale nan veyie koukou, fò'w manje kaka chwal* : pour aller à la veillée des coucous, il te faut comme les coucous manger du crottin de cheval — autrement dit « à Rome, il faut vivre comme les Romains ».

— Minute, s'interposa Nadja, agressive. Mon mari avait rendez-vous avec le docteur Fournier…

L'infirmière s'immobilisa et présenta à Nadja un visage empreint d'étonnement et de contrariété. Gêné, Franz porta la main à son front.

— Le docteur Fournier étant dans l'incapacité de recevoir votre mari, le dossier a été transféré au docteur Gilbert. Des objections ?

— Pas la moindre, s'empressa de répondre Franz, mal à l'aise, en esquissant un mouvement vers la double porte.

— Au contraire, relança Nadja avec défi.

Calmement, l'infirmière se tourna vers Franz pour s'enquérir de quoi il retournait. Celui-ci eut le regard évasif d'un élève qu'on surprend à tricher en pleine composition.

— M-ma femme veut p-pl-plaisanter, fit-il en s'efforçant de sourire.

— Tu sais très bien que non ! Je ne te laisserai pas aller là-dedans avant d'avoir compris le pourquoi de ce changement de docteur !

Le regard perplexe de l'infirmière se balada entre les deux époux avant de se fixer définitivement sur Nadja qui le soutint avec détermination.

— Monsieur Eugène ? s'impatienta l'infirmière.

— Oui, oui, je viens.

— Franz…

— Pas un mot de plus ! s'emporta-t-il sans hausser le ton. Tu m'as assez causé d'embarras comme ça ! Tu vas retourner t'asseoir bien gentiment et attendre que j'en aie fini avec le médecin, compris ?

— Franz…, répéta Nadja mais, sourd à ses protestations, son mari s'engagea à la suite de l'infirmière.

Franz chéri, si tu m'aimes vraiment, s'il te plaît, n'y va pas, le supplia-t-elle en silence, tout à fait consciente que cette tête-de-bourrique irait, quoi qu'elle dise. Elle le regarda donc s'engouffrer dans le couloir, bientôt éclipsé par la double porte battante.

À contrecœur, elle se retourna vers le petit salon. Son reflet dans le miroir sur le mur du fond lui parut pâle et effacé. Après une grande respiration, elle se résigna à faire un pas. Retrouvant peu à peu sa bonne humeur, elle arriva même à rendre le sourire sympathique au vieillard qu'elle croisa sur son chemin.

Assise à sa place encore chaude sur le divan, Nadja rencontra le regard hargneux de la vieille dame crispée. D'instinct, elle chercha refuge dans les pages d'un numéro de *L'Actualité* laissé ouvert sur un article à propos des Haïtiens à Montréal. Franz, sans doute. Secouant la tête, elle se plongea dans la lecture, s'évertuant à ignorer la vieille qui gardait un mauvais œil sur elle.

Être haïtien à Montréal au mitan des années 1980, c'est beaucoup moins drôle et infiniment moins bien vu. On a un taux de chômage de plus de 30 %. Quand on travaille, c'est souvent au noir, on est presque toujours sous-payés et on se fait traiter de voleurs de jobs, de « toastés », de « bougalous », de « boules noires »... et de racistes.

Nadja referma brusquement le magazine; ces désolantes réalités la poursuivraient-elles donc où qu'elle aille ? Inévitablement, le visage de Franz resurgit dans ses pensées et l'angoisse ne fut pas longue à suivre. Elle comprenait pleinement l'urgence de se trouver un emploi; après tout, elle savait pertinemment qu'ils ne pourraient vivre indéfiniment de son maigre salaire de couturière. Pourtant, elle ne pouvait s'empêcher de trouver suspectes les conditions imposées à Franz par les directeurs de l'usine. Un examen médical de routine, d'accord. Mais pourquoi cette clinique obligatoirement?

Tout à coup, elle s'aperçut que Franz avait toujours évité d'énoncer clairement le nom de l'usine en question et la nature de son éventuel emploi. Plus étouffante que les parfums d'antiseptique et d'éther, une subtile odeur de menace imprégnait l'air...

Soupirant, elle tendit la main vers la carte de plastique qui venait tout juste de tomber des pages du magazine. Sans doute oubliée par inadvertance par quelque patient à bout de patience. Nadja examina sa trouvaille sous tous les angles, cherchant vraisemblablement à comprendre pourquoi ce nom lui semblait si familier. Finalement, elle se leva et se dirigea vers la réception.

— Vous avez l'heure?

Cette familiarité la paralysa sur place. Elle se tourna vers le jeune homme cloué dans les bras d'un fauteuil roulant et plissa les paupières, en quête d'un nom à accoler à ce visage. Prenant ce moment d'hésitation pour de l'incompréhension, le jeune infirme réitéra sa demande en anglais, et seulement alors Nadja se rendit compte qu'ils ne se connaissaient pas.

Avec un sourire malaisé, elle consulta sa montre.

— Trois heures et quart.

— Ouais, ça m'en fait pas mal long à attendre avant mon rendez-vous, fit-il. Surtout que j'haïs ça, les salles d'attente...

Nadja n'osa pas bouger. Quelque chose dans l'attitude du jeune homme l'obligeait à rester et à l'écouter, comme on écoute un vieil ami. «Je pense que je ferais mieux d'aller chez mon oncle; il habite tout près. Tenez, je vais téléphoner pour voir s'il est là...»

Elle le regarda rouler vers la cabine téléphonique, réprimant un frisson avant de poursuivre son chemin vers la réception.

— J'ai trouvé ceci dans un magazine, fit-elle en glissant la carte sur le buvard de la secrétaire.

En ramassant l'objet trouvé, la réceptionniste plaqua une main sur le microphone de son combiné.

— Un moment, madame…, hésita-t-elle avant de jeter un coup d'œil à la pièce d'identité, Cauvin ; vous pouvez retourner vous asseoir. Le docteur Fournier est avec quelqu'un mais ce ne sera pas bien long.

— Non, vous n'avez pas compris, je ne suis pas…, voulut-elle expliquer, mais un geste autoritaire de la réceptionniste lui imposa le silence.

Haussant les épaules, Nadja reprit le chemin du divan, évitant de justesse le regard dédaigneux de la vieille dame.

— Ouais, je viens de parler à mon oncle ; il est bien chez lui et il m'attend pour le souper…

Encore le jeune handicapé. Hésitante quant à la réponse qu'il attendait d'elle, Nadja bafouilla qu'elle était bien contente pour lui. Après un échange de cordiales salutations, le jeune homme disparut au bout du long corridor en direction de la sortie, et Nadja put s'aviser du coin de l'œil qu'un vieil homme, celui qui lui avait souri un peu plus tôt, en avait profité pour lui voler sa place.

À peine s'était-elle assise à l'autre bout du divan, frémissant à la désagréable sensation du similicuir glacé sous ses cuisses, que le vieillard glissa sur le coussin vers elle.

— Vous attendez pour un rendez-vous ?

Il s'était adressé à elle avec la familiarité qui la désorientait tant, et elle se demanda si les gens, dans les salles d'attente, étaient toujours aussi prompts à engager la conversation avec des inconnus.

— Non. Non, j'attends quelqu'un.

— Oh, j'attends pas pour un rendez-vous, moi non plus ; pis j'attends pas personne, s'empressa-t-il de répondre à une question qu'elle n'aurait certes jamais osé poser. C'est juste que des fois, quand je finis de travailler plus de bonne heure, je viens m'assir ici pis je regarde le monde qui entrent pis qui sortent ; c'est drôle, je vous jure, des fois, on a l'impression que c'est pas les mêmes gens qui ressortent. Je sais, ç'a l'air bizarre ce que je dis, mais, ma sœur, elle a eu la même impression l'autre jour, pis on est pourtant jamais d'accord sur rien.

Nadja ne risqua aucune réponse, intriguée par l'éclat dans le regard du vieil homme. « Mais je l'aime ben quand même, ma sœur, continuait-il. Des fois, elle vient ici avec moi, quand'a rien à faire à'maison. On reste ensemble, ma sœur pis moi ; depuis des années, juste nos deux. Oh, avant, on avait notre père avec nous autres — c'était normal : toutes les autres sont mariés pis avec des enfants, ça fait que le père était ben mieux avec nos deux. Mais à c't'heure, y a juste ma sœur pis moi. »

Gênée par ces confidences, Nadja promena son regard à travers le petit salon, espérant faire comprendre au vieillard qu'elle voulait être seule, mais il lui pinça l'épaule et relança de plus belle : « Aye, êtes-vous capable, vous, d'écrire 168 en un seul chiffre ? Regardez, c'est simple, dit-il, en retroussant la manche de son gilet pour esquisser dans l'air le dessin expliqué. Vous faites la barre de votre *1* pis vous tournez une petite boucle à droite pour faire le *6* pis après vous allez le reboucler en haut pour faire le *8*. Facile, hein ? Ça m'a pris deux heures, trouver ça. »

Nadja apprécia d'un signe de tête, souhaitant que Franz revienne et qu'ils quittent l'endroit au plus vite. « Êtes-vous capable de me donner un nombre de six chiffres qui se diviserait par tous les chiffres de 1 à 9 ? C'est 362880. Vous voulez-tu savoir comment j'ai fait pour le savoir ? Facile, j'ai juste multiplié tous les chiffres de 1 à 9 : c'était évident que ça se diviserait ! »

Peut-être Franz avait-il raison de la chapitrer sur ses excès de paranoïa ; la voilà qui tremblait d'angoisse juste parce qu'un vieillard solitaire l'entretenait de ses prouesses de jeune écolier. « J'ai toujours été bon en maths, enchaînait-il tandis qu'elle luttait pour ne pas lui hurler de se taire. En deuxième année, je savais déjà ma table de multiplication de 16 par cœur. On me demandait 12 fois 16, je répondais 192 sans hésiter. Aye, les cinquième année comprenaient pas ça, eux autres ; mais, dans le fond, c'était niaiseux : tu dis 10 fois 16, tu rajoutes un 0, fait 160. Pis t'additionnes encore 2 fois 16, 32, pis tu l'as : 192 ! »

Ce n'était nullement une question de paranoïa ou d'imagination trop fertile, elle le savait. Ce vieil homme bavard. Cette vieille dame qui la haïssait en silence. Ces infirmières qui chuchotaient des complots contre elle. Tout ça faisait partie d'un plan infernal visant à… À quoi, au juste ? « Vous aimez-tu ça, l'hiver ? Moi non plus, mais c'est pas si pire, y fera pas si *frette* cette année. C'est ma sœur qui me faisait remarquer ça, l'autre fois : aujourd'hui on est le vingt-deux novembre. Ben supposons qu'y a pas encore neigé le vingt-deux novembre, ça veut dire qu'y va neiger demain pis si cette neige-là reste, y fera pas *frette* cet hiver ! Remarquez que s'y avait neigé avant aujourd'hui, pis que cette neige-là était restée, ç'aurait été un hiver ben ben dur, ben ben long. Si la neige d'avant le vingt-deux novembre reste pas, l'hiver est ben ben dur mais pas ben long. C'est de même à Montréal ; en tout cas, c'est ma sœur qui le dit. Moi, j'ai jamais fait attention, j'aime pas ça l'hiver… »

Nadja bondit brusquement sur ses pieds.

— Pardon, il faut que j'aille vérifier quelque chose, s'excusa-t-elle, terrifiée à l'idée d'avoir affaire à un fou.

— *La folie, dans le fond, c'est tout à fait relatif,* répondit le vieillard à l'accusation pourtant inexprimée.

Frissonnante, Nadja n'ajouta pas un mot, doutant d'avoir entendu et non imaginé cette réplique.

Elle recula en gardant un œil craintif sur le vieil homme souriant et se heurta à un autre homme qui tapait du pied devant le bureau de la réceptionniste.

— Pour moi, elle parle avec son *chum,* supposa-t-il. Ça fait dix minutes que j'attends après elle…

Le corps entier de Nadja se crispa. Un autre ! « Moi, je suis venu ici pour voir ma blonde qui s'est fait opérer pour l'appendicite, mais je me demande si elle existe encore. Hier, elle était à la chambre 192 mais les gardes sont toutes mêlées dans les numéros ; elles savent même plus où on l'a transférée… »

— Oui, monsieur ? coupa la voix de la réceptionniste, au grand soulagement de Nadja.

Au bout de deux ou trois appels, on retrouva ladite patiente, transférée la veille à la chambre 168. Et sans entendre les excuses pour ce désagrément, son visiteur se dirigea vers l'ascenseur, laissant à la réceptionniste le loisir de s'occuper de Nadja.

— Avec le docteur Fournier, vous dites ? Laissez-moi vérifier…

Ses doigts agiles traversèrent en un rien de temps le cahier de rendez-vous. « Je suis désolée, madame, mais je ne vois aucun Franz Eugène sur l'horaire des consultations du docteur Fournier. »

— Comment ça ? Regardez encore.

— J'ai bien regardé ; le docteur n'avait qu'une patiente à voir cet après-midi, une dame Cauvin, mais elle ne s'est pas présentée.

— Mon mari avait un rendez-vous à deux heures trente avec le docteur Fournier, fit Nadja sur un ton qui se voulait calme et posé. Je me suis moi-même chargée de le lui réserver. Une de vos collègues est venue le chercher il y a plus d'une heure pour l'escorter jusqu'au bureau…

Elle s'interrompit à *l'euréka !* qui s'illuminait dans son esprit. « Ça y est, je me souviens : l'infirmière l'a référé à un autre médecin auquel on aurait transféré son dossier. Attendez, oui : le docteur Gilbert, c'est ça ! »

— Gilbert ; vous en êtes certaine ?

— Absolument.

— C'est impossible, madame ; il n'y a aucun médecin de ce nom à la clinique…

La déclaration la frappa tel un coup de poing en plein ventre. Elle eut envie d'exploser de rage mais ne put pendant un moment que ronronner un rire maniaque et malsain.

— Assassins ! Qu'avez-vous fait de lui ? hurla-t-elle en saisissant la réceptionniste par le collet. QU'AVEZ-VOUS FAIT DE LUI ? RÉPONDEZ-MOI !

Bien vite, une dizaine d'infirmières se saisirent d'elle, luttèrent pour la maîtriser en lui ordonnant de se calmer, sinon elle serait expulsée de la clinique. Enfin, à l'apparition d'une silhouette sombre découpée dans la marée blanche des fantômes en sarrau, elles la relâchèrent. Aux ordres de la nouvelle arrivée, une Noire, les infirmières se dispersèrent.

Conciliante, le docteur Irène Étienne se tourna alors vers Nadja et lui promit l'aide qu'elle réclamait à grands cris à condition qu'elle daigne lui expliquer posément le problème.

— C'est que madame Cauvin ici…, commença la réceptionniste.

— Pas Cauvin ; Eugène ! Nadja Eugène, comme mon mari Franz Eugène !

Une fois que la réceptionniste lui eut relaté sa version des faits, le docteur Étienne vérifia le registre à son tour, deux fois plutôt qu'une. Après un long moment d'hésitation, elle leva vers Nadja un visage sincèrement désolé.

— Écoutez, madame Cauvin, nous…

— Eugène, j'ai dit ! Nadja Eugène, allez-vous finir par vous l'entrer dans la tête ?

Nadja serra poings, paupières et mâchoires, comme si ce faisant elle espérait taire les mots qui suivraient indubitablement. La fausse courtoisie qu'adoptaient toujours les médecins en présence de présumés malades. Non, elle n'avait pas envie de suivre cette femme dans son bureau où elles seraient plus tranquilles pour discuter. Non, elle ne voulait pas de son aide. Elle n'était pas folle. Toute ce qu'elle voulait, c'était qu'on lui rende son mari.

Elle écarta le registre d'un mouvement brusque qui envoya les feuilles voler en tous sens, poussa violemment le docteur Étienne hors de son chemin pour s'élancer vers la double porte qui avait avalé son Franz quelques minutes auparavant.

Le couloir s'étirait à perte de vue, incliné et légèrement hors de perspective. Chancelante, Nadja poursuivit tout de même sa course effrénée vers les portes latérales qui semblaient s'éloigner davantage avec chacun de ses pas. Elle dut pousser un hurlement d'épouvante car, tandis qu'elle traversait à toute allure le couloir difforme, des échos suraigus s'enlacèrent en spirales de gel autour d'elle pour l'écraser.

D'abord, ils nous prennent notre nom puis nous donnent un numéro et font de nous de simples robots, des automates sans âme, plus aptes à travailler dans leurs mystérieuses usines où l'on fabrique Dieu seul sait quoi pour finalement voler jusqu'à notre identité même ! songea-t-elle dans sa panique irraisonnée, en luttant pour garder l'équilibre alors que le couloir se compressait et se dilatait périodiquement dans un mouvement bandonéant qui évoquait l'intérieur d'un intestin.

Ces portes toutes en angles obtus finirent par se précipiter à sa rencontre. Elle tendit la main vers la première poignée qui arriva à sa portée, la manqua de loin, et ainsi pour toutes les suivantes, sur sa gauche comme sur sa droite, jusqu'à ce qu'elle se retrouve à genoux au pied de la dernière porte tout au bout du couloir.

Département de psychiatrie
Dr Jean-Yves FOURNIER

S'agrippant à la poignée, elle parvint à bout d'efforts surhumains à se redresser. Verrouillée, bien sûr. Appuyant les pieds contre le bas du cadre, elle tira. En vain. Avec un grognement sourd, elle canalisa toute son énergie et tira assez fort pour arracher la porte de ses gonds.

À la grande stupéfaction de Nadja, la porte débouchait sur la salle d'attente d'où l'observait la vieille dame acariâtre avec le même dégoût consommé.

— Je l'ai pourtant laissée ici, il n'y a pas cinq minutes, fit une voix que Nadja avait cru ne plus jamais entendre.

Sans une seconde d'hésitation, elle bondit vers l'homme qui, aux signes de la réceptionniste, se retournait. «Te voilà enfin! Mais où étais-tu passée?»

— Oh, Franz chéri, ne dis rien, s'il te plaît, hoqueta-t-elle. Serre-moi seulement.

Au creux de ses bras, elle trouva la chaleur et le réconfort que tout son corps tremblotant réclamait. À force de mots doux et de caresses, Franz réussit même à l'apaiser. «Oh Franz, j'avais si peur de te perdre...»

— Du calme, chérie. J'ai tout expliqué au docteur Fournier et il est prêt à te rencontrer tout de suite, si tu veux. C'est un homme charmant, Lucienne; je te jure qu'il fera tout ce qui est en son pouvoir pour t'aider...

Frissonnante, elle s'arracha à la tendre étreinte.

— Lucienne? Tu as dit: Lucienne?

— Madame Cauvin, si vous voulez bien me suivre dans mon cabinet...

À ce moment, elle se tourna brusquement vers le vieil homme en sarrau qui, debout près de la réception, lui adressait un sourire sympathique en lui tendant la main.

Nadja le reconnut sur le coup et se rappela ses paroles: *des fois, on a l'impression que c'est pas les mêmes gens qui ressortent.*

Puis, à la vue du visage inconnu que lui renvoyait la glace sur le mur du fond, elle se mordit le poing jusqu'au sang...

Sainte-Foy, septembre 1987

Le syndrome Kafka

« Quel métier, pensa-t-il, quel métier suis-je allé choi-
sir ! Des ennuis pires que dans le commerce de mes
parents ! et par-dessus le marché cette plaie des voyages : les changements de trains, les correspondances
qu'on rate, les mauvais repas qu'il faut prendre n'importe quand ! et à chaque instant des têtes nouvelles,
des gens qu'on ne reverra jamais, avec lesquels il n'y
a pas moyen d'être camarade ! Que le diable emporte
la boîte ! »

Franz KAFKA,
La métamorphose

Au bout de quelques minutes, il se retourna vers elle, nu,
encore haletant. Adossée à la tête du lit, le regard moqueur et les petits seins pointés en signe de provocation,
elle allumait une More. Elle lui en offrit une mais il refusa
d'un signe de tête. En fait, c'était l'incrédulité qui lui
faisait secouer la tête ; il se sentait presque comme un ado
à sa première expérience. La lampe de chevet nimbait les
longs cheveux de son amante d'une auréole dorée. À vrai
dire, si ce n'était de cette cigarette, il l'aurait certes depuis
longtemps sacrée « ange ».

— Et tu es toujours aussi — comment dire ? —
aussi chaleureuse avec les étrangers qui t'abordent dans la
rue pour te demander leur chemin ?

— Ça dépend, fit-elle sans que s'efface son sourire. Des fois, je vais dans une disco, je repère un mec et je m'arrange pour qu'il me paie la traite toute la soirée...

— Et après, tu le plantes là! compléta-t-il sur un ton enjoué.

Elle souffla une nuée diffuse, ses yeux d'émeraude pétillaient d'amusement.

— Ça dépend.

Il se redressa, la curiosité piquée à vif.

— De quoi?

— Ça dépend, répéta-t-elle, comme si cette seule réponse devait suffire, puis elle ajouta sur un ton mi-grave : Je suis une fille très sélective, tu sais...

Il la fixa en silence, un sourire narquois se dessinant malgré lui sur ses lèvres, mais elle éclata de rire avant lui.

— Mon père avait un terme pour les filles dans ton genre...

— En créole, je parie? railla-t-elle en parodiant son accent haïtien. Et c'est quoi?

— Baiseuse de nègres.

Elle lui répondit par un coup d'oreiller en plein visage qu'il ne vit même pas venir, tant il fut brusque. Mais elle n'était pas réellement offusquée, loin de là. Ils s'emmêlèrent dans les draps et les baisers jusqu'au moment où, tout à coup, il releva la tête.

— Qu'est-ce qu'il y a?

Il fit le tour de la pièce d'un regard nerveux.

— Rien, je..., hésita-t-il, l'air troublé.

Le regard de la fille imita le sien. Mais que cherchait-il, au juste? «Tu vis seule, ici?»

— Oui, pourquoi? Mais enfin, qu'est-ce qui ne va pas?

— Rien, rien, mentit-il plutôt gauchement. Je croyais avoir entendu quelque chose…

— Les voisins, sans doute, fit-elle mais l'attention de son compagnon ne revenait toujours pas vers elle. Je vis toute seule, comme une grande, dans ce vaste trois pièces et demie de la ville de Sillery, poursuivit-elle, théâtrale.

Il ne l'écoutait qu'à moitié. Elle lui tira le bras, déterminée à le ramener auprès d'elle. « En fait, j'ai partagé l'appartement avec mon amie Gina un bout de temps mais, tu imagines, quatre à baiser dans la même chambre, c'était gai… »

Il esquissa un nouveau sourire narquois et elle se dit que c'était enfin gagné.

Ils se remirent à baiser, avec la même ardeur que précédemment, et elle ne tarda à s'endormir, dès que le cadran marqua deux heures. Elle l'avait effectivement averti dès leur entrée dans la chambre qu'elle cessait toujours toute activité à deux heures précises mais il avait souri, présumant qu'elle plaisantait.

Il se tourna vers le miroir de la commode et passa un bon moment à examiner l'image de la jeune femme assoupie au creux de ses bras. Julie Ruest. Vingt-cinq ans. Termine un doctorat en littérature (*L'image du cercle dans l'œuvre de J. L. Borges*). Et non, il ne se souvenait d'aucune autre occasion où une inconnue à qui il avait demandé son chemin l'ait invité à prendre un verre puis à passer la nuit chez elle.

Fronçant les sourcils, il se concentra sur son propre reflet et, au bout d'efforts tendus, parvint à se souvenir de sa propre identité. Sébastien Laroque. Trente-quatre ans. Haïtien établi à Montréal depuis une dizaine d'années.

Homme d'affaires de passage dans la capitale. Flirt d'un soir pour étudiantes solitaires. Et quoi encore ?

Il finit par s'endormir à son tour, toujours hanté par la ridicule impression que quelqu'un, quelque part, l'épiait. Le jugeait.

Il rêva de vieillards abandonnés et sans abri qui eux rêvaient de châteaux inaccessibles.

$$* $$
$$* \quad *$$

Encore somnolente, Julie marmonna quelques sarcasmes inintelligibles dans l'oreiller, remua un peu et se rendormit. Sébastien déposa un nouveau baiser sur sa nuque. Cette fois, elle roula à l'autre bout du lit, hors d'atteinte.

— Pouah ! Jamais après deux heures, jamais le matin en me levant, articula-t-elle mollement, les paupières à demi closes.

Sébastien avait enfilé le pantalon du pyjama de Julie. Il se tenait debout près du lit, un sourire amusé aux lèvres.

— Pardon, j'oubliais, ironisa-t-il. Mademoiselle a ses principes.

Julie leva la tête, cligna des yeux, afficha une moue très significative puis se pelotonna en position fœtale sous ses couvertures. Il ricana puis découvrit le corps nu de la jeune femme. Sa chair pâle ne tarda pas à se granuler de frissons.

— Allons, allons, princesse ; debout !

— Sadique ! maugréa-t-elle.

— Le petit déjeuner de sa Majesté l'attend.

Résignée, elle s'assit sur le lit, tendit la main vers la chemise de pyjama et ses lunettes sur la table de nuit. Elle essuya les verres avec sa queue de chemise avant de les glisser sur son nez. L'air sceptique, elle considéra le cadran du réveil ; à peine sept heures ! Elle se détourna vers Sébastien, tout en finissant de boutonner sa chemise.

— Oiseau matinal, à ce que je vois ?

Il tira les rideaux, ouvrant le passage à l'aveuglante clarté neigeuse.

— Je tiens ça de mon père, dit-il en avançant, à la suite de la jeune fille, vers la porte. Le vieux se levait comme ça, tous les matins vers cinq heures et demie, pour préparer le petit déjeuner. Un gros bol d'avoine pour tout le monde ; ça commençait magistralement nos journées ! L'odeur de cannelle, de citron et de gingembre envahissait toute la maison, peut-être même toute la rue 15. « *Timoun, leve vin manje !* * » qu'il nous criait, le vieux, et nous accourions à toutes jambes. *Kon choual maron nan savann* **, comme disait le vieux, et nous…

Il s'interrompit abruptement et s'immobilisa sur le seuil de la porte.

— Qu'est-ce qu'il y a ? l'interrogea Julie en terminant sa question en elle-même par un *encore ?* implicite.

Il secoua la tête.

— Bizarre…

Le sourcil gauche de Julie s'arqua. « Je n'ai pas vu Papa depuis si longtemps », reprit-il un peu plus grave. Son regard avait l'air fixé sur des reflets estompés. « Je ne me souviens pas de son visage… » ajouta-t-il à mi-voix et, cette fois, le remords sembla se mêler à la nostalgie.

---

* « Debout, enfants ! Venez manger ! »
** « Comme des chevaux sauvages. »

— Il est mort ?

Il ne répondit pas immédiatement. « Sébastien ? fit-elle en le secouant doucement. Je t'ai demandé si ton père était… »

— Oui, s'empressa-t-il d'affirmer, avec un semblant de conviction.

À vrai dire, il ne parvenait pas à se rappeler.

Il haussa les épaules. Julie et lui passèrent à table. Ils petit-déjeunèrent copieusement : crêpes aux fines herbes et aux champignons, jus d'orange fraîchement pressé et café percolateur. Julie s'exclama qu'elle devait sûrement rêver ; il y avait des siècles qu'on ne l'avait pas gâtée de la sorte. Non sans sourire, elle évoqua l'occasion où, voulant gâter ainsi un ami, elle avait accidentellement brûlé l'omelette mais l'avait quand même servie en la présentant comme une « omelette haïtienne ». Elle éclata d'un rire ensoleillé et ils bavardèrent de tout et de rien, cherchant à retrouver à haute voix leur intimité de la nuit.

Il finissait tout juste d'essuyer la vaisselle lorsque Julie hasarda :

— Sébastien, qui est Prospère ?

— Quel Prospère ?

— Je ne sais pas, moi. Je me suis réveillée cette nuit parce que tu n'arrêtais pas de marmonner ce nom dans ton sommeil.

Sébastien plia le torchon et regarda vers elle, à travers elle. Prenant une autre gorgée de café, Julie regretta sa question. Elle avait connu des mecs bizarres, mais celui-là remportait la palme d'or. Un rien suffisait à l'expédier dans un autre monde. Pourtant, il n'avait pas l'air d'un *junkie*…

— Prospère ? murmura-t-il, perplexe, une énième fois. Pas la moindre idée…

Elle n'insista pas, de peur de le perdre dans une nouvelle crise d'introspection et, bientôt, la discussion revint à un plan plus pratique : puisqu'ils s'entendaient si bien, pourquoi Sébastien ne s'installait-il pas chez elle pour le week-end, épargnant ainsi le prix de l'hôtel ? Il fit remarquer qu'il avait réservé sa chambre depuis deux semaines ; il avait déjà fait porter ses valises et puis il ne voulait surtout pas s'imposer. Julie lui assura qu'au contraire ça lui ferait plaisir. Elle l'aimait bien et, de plus, c'était contre ses principes de dormir seule dans un aussi grand lit.

Sébastien Laroque éclata de rire à son tour et s'étonna de la facilité avec laquelle il s'était introduit dans l'appartement puis la vie de Julie Ruest.

Ils prirent leur douche ensemble, s'habillèrent et, d'un commun accord, s'entendirent sur l'ordre du jour : d'abord faire quelques courses, casser la croûte au centre commercial, passer prendre les affaires de Sébastien à l'hôtel puis revenir et commencer à préparer la « boum » du lendemain soir.

— Oh, rien qui ne sorte de l'ordinaire, commenta-t-elle sur un ton banal en verrouillant l'appartement. Sexe, drogue, rock'n'roll… la routine habituelle, quoi !

— Cause toujours, tu m'intéresses, fit-il en se penchant vers ses lèvres mais, taquine, elle esquiva le baiser.

Un vent sec et insolent qui portait en lui seul tout l'hiver les incita à se presser vers le taxi devant l'allée. Main dans la main. Rigolant en courant à toutes jambes. *Kon choual maron !*

D'un regard en coin, Sébastien crut apercevoir quelque chose, une ombre, mais il ne vit absolument rien en se retournant. Haussant les épaules, il monta dans la voiture à la suite de Julie et referma la portière.

Au petit café du mail, ils furent abordés par une poignée de connaissances de Julie auxquelles elle présenta Sébastien avant de leur rappeler la soirée du lendemain. Il y avait, entre autres, un Argentin, une Belge, une Vietnamienne et combien encore ? N'importe. Autant de noms et de visages que Sébastien ne tarda pas à oublier.

— Mes amis ! C'est une partie ou un congrès de l'ONU ? plaisanta-t-il.

— Ne me dis pas que tu es raciste ? souffla Julie entre deux bouffées de sa cigarette.

— Non, seulement misanthrope. En fait, je…

Il se retourna et sonda la mer de visages qui s'agitait en tous sens. *Bon et nous voilà repartis !* songea Julie. « C'est rien, fit-il, devançant la question. Je croyais avoir reconnu quelqu'un. J'ai dû me tromper. »

Julie soupira et tira sur sa cigarette à nouveau. La serveuse posa l'addition sur la table devant eux et Sébastien s'empressa de plaquer sa main dessus.

— Oh non, ma chère ! C'est moi qui paie. Je te dois au moins ça…

— Dis plutôt que ton orgueil de mâle ne te permet pas de laisser une femme payer pour toi.

— Rien à voir, répondit-il en fouillant ses poches.

— Contrarié ?

— C'est drôle, je…

Il se leva et palpa ses pantalons. La serveuse faisait mine de s'impatienter. « Je ne trouve pas mon portefeuille… » remarqua-t-il avec gêne.

— Tu l'auras sans doute oublié chez moi, fit Julie qui déjà avait sorti son porte-monnaie de sa bourse.

Il était pourtant bien certain de l'avoir pris avec lui en sortant. Secouant la tête, Julie régla l'addition, écrasa sa cigarette et remit son manteau, tandis que Sébastien s'acharnait à palper frénétiquement les poches intérieures du sien. «Allons, laisse», fit-elle en lui tirant le bras.

Ils passèrent une bonne partie de l'après-midi à visiter les magasins en quête de spiritueux, d'amuse-gueule, de baudruches, etc... À un certain moment, Sébastien demanda à Julie si elle n'avait pas insisté pour qu'il l'accompagne dans le seul but de lui faire transporter ses emplettes. Elle esquissa un sourire malicieux et demanda à quoi d'autre pouvait servir un nègre.

*
*   *

Son doigt parcourut trois fois la page de l'annuaire sans qu'aucun nom d'hôtel ne l'accroche.

— Des problèmes?

— Je ne sais pas, fit-il d'une voix enrouée. Je...

Il leva les yeux vers Julie. Un sentiment d'étrangeté imprégnait l'air, isolant Sébastien derrière une cloison presque tangible. Il s'éclaircit la gorge. «C'est idiot, je n'arrive plus à me souvenir du nom de l'hôtel où je...»

Julie s'appuya contre le téléphone public. Son sourire s'était envolé. Sébastien affronta son regard, ouvrit la bouche, la referma aussitôt puis passa une main tremblante sur ses cheveux crépus. Inutile de s'énerver, lui répétaient Julie et un million de voix intérieures, il y a sûrement une explication logique. La fatigue, le stress de ses voyages incessants — voilà ce qui provoquait chez lui ces troubles de mémoire. Il n'avait qu'à appeler son bureau à Montréal et sa secrétaire pourrait lui indiquer l'hôtel en question et —

Non. Il s'aperçut soudain qu'il ne se rappelait même plus le nom du bureau qui l'employait.

Secouant le désagréable frisson qui le chatouillait entre les omoplates, Sébastien prit le chemin de la sortie, à grands pas.

— Hé, où vas-tu ? fit Julie qui, chargée de ses paquets, s'essoufflait à le suivre, de plus en plus incertaine de son envie d'être avec lui.

Jeunes gens enlacés par la taille, vieux couples de touristes, mères de famille lasses, adolescents dépressifs ; toutes les variétés de la faune de la place Laurier le croisèrent sans le voir ni le toucher, à croire qu'il leur demeurerait à tout jamais étranger. « Sébastien, attends-moi ! »

Au magasin Pascal, il s'immobilisa en face du rayon des téléviseurs. Couleur, noir et blanc, écran géant, miniature ; tous diffusaient le même reportage sur la situation en Haïti, démentissant l'annonce du départ de Baby Doc faite le matin même par Larry Speakes-*too-much**.

— *Annou prye bondje yo pann salop sa'a anvan lendi***, avait lancé une voix, quelque part.

Au cours de la presque éternité qu'il fallut à Sébastien pour détacher son regard des écrans, son esprit tourna et retourna la phrase lentement, péniblement, l'examinant

---

* Le 31 janvier 1986, l'annonce prématurée du départ de Duvalier faite par Larry Speakes, porte-parole de la Maison Blanche, obligea le dictateur aux abois à reporter d'une semaine sa fuite en exil.

** « Prions pour que ce salaud soit pendu avant lundi ! »

sous tous les angles avant de prendre pleinement conscience de toute l'amertume que portaient en eux ces quelques mots.

Les deux Haïtiennes se tenaient derrière Julie et lui. La première, une grimelle grande et sèche dans la quarantaine environ, approuvait de la tête sa compagne, courte-foulée, rondelette, noire comme l'encre et agressive comme le sont souvent les Haïtiennes de petite taille. Celle-ci répéta sa suggestion comme si, ayant obtenu le soutien de son amie, elle recherchait maintenant celui de Sébastien. « *Sa'w panse, msye ? Annou prye bondje yo pann salop sa'a !* * »

D'instinct, il hocha la tête, cherchant au plus profond de lui une parcelle de fraternité pour ces deux femmes, ces sœurs dans l'exil. La toute brève lui sourit, satisfaite, puis son amie et elle s'éloignèrent. Sébastien se retourna vers les écrans et soudain, avec horreur, se rendit compte qu'il regardait sans rien ressentir.

Haïti chérie... La plage des songes...
Prospère ? Sébastien, qui est Prospère ?
Tu t'absentes de la patrie trop longtemps, la métamorphose s'opère, l'exil fait de toi un intrus, un étranger partout même chez toi, la distance et les années creusent un gouffre-indifférence, au sortir de rêves agités, l'insensé réveil dans ton lit transformé en Dieu sait quoi, un mutant, un hybride, enfin quelqu'un, quelque chose d'autre, mais plus un Haïtien. Tu en viens alors à oublier le goût du ri ak djon-djon *et du* gryo *et des* bannann peze**,

---

* « Qu'en pensez-vous, monsieur ? Prions pour que ce salaud soit pendu ! »

** Riz aux champignons séchés ; viande de porc découpée en petits cubes et fortement épicée que l'on fait frire ; et rondelles de banane-plantain frites.

oublier ton créole par bribes. Oublier le visage de ton père. Il ne te reste d'Haïti qu'un vague parfum de cannelle, d'anis, de mangue que tu ne distingues plus très bien à travers cette jungle d'odeurs de cigarette, d'essence et de mort. Une poignée de lettres que tu ne prends même plus le temps de lire. Une famille fantôme à laquelle tu envoies un chèque une fois de temps à autre et de tes nouvelles encore moins souvent. Et une image de ton pays pas tout à fait exacte, filtrée par ta propre mémoire et par les mass media qui comprennent mal ou ne comprennent pas du tout.

Et toi, tu y comprends quelque chose ?

Annou prie bondje yo pann salop-sa'a !

Images-violences et images-chaos retransmises par satellite, créant juste la distance nécessaire à la bonne conscience et à l'hypocrisie. La crise a lieu à des univers de toi — je n'y peux rien ! — et à la portée de ta main. Mères-famines. Enfants-larmes. Frères-matraques. Images-haines s'imprimant sur la rétine avec une cruelle clarté, s'incrustant dans le cerveau pour y prendre vies et âmes propres. Tu te fais chair, tu t'inventes un personnage et une imperméabilité qui te permettent d'affronter ton image-miroir sans cligner des yeux. Et tu parles d'adaptation, d'intégration et tu changes le canal et tu sors prendre une bière avec les copains et tu baises avec des Blanches et —

Ça suffit !

Et tu en oublies le visage de ton père ?

Assez, je vous en supplie...

Qui est Prospère ? Certes pas Haïti, le pays le plus pauvre d'Amérique. Alors qui, Sébastien Laroque, qui est Prospère ? Et qui es-tu ?

Arrêtez, je ne sais pas, je ne sais pas...

Annou prie bondje…

Assez! Assez!! ASSEZ!!!

En proie à un étrange vertige, Sébastien lutta pour garder les yeux ouverts. Il était en sueur, fiévreux, blême et chancelant.

— Sébastien? s'inquiétait Julie, quelque part, très loin, en posant la main sur son épaule.

Lentement, il se tourna vers elle mais ne parut pas la voir. Le magasin entier titubait comme un vieil homme malade. Les yeux de Sébastien s'agrandirent de stupeur; il écarta la jeune femme, murmurant en créole quelque chose qu'elle ne put comprendre et courut vers la sortie.

Julie hésita, considéra les paquets à ses pieds et l'homme qui s'élançait vers la sortie. Jurant en elle-même, elle se lança à sa poursuite et ne tarda pas à le rattraper sur le trottoir. Il tournait la tête en tous sens, désorienté et angoissé. « T'es fou ou quoi? »

— Tu l'as vu?

— Vu qui?

— Le clochard. Il nous suit depuis ce matin.

— Quel clochard? De quoi parles-tu? Qu'est-ce qui te prend?

— Il me suit depuis ce matin, répéta-t-il avec urgence, le regard sondant désespérément le nuage de poudrerie qui se levait. Au début, je le voyais seulement comme une ombre, une tache sur le coin de mon œil. Mais je l'ai vraiment vu, cette fois! Un vieux nègre. Il me suit, je te dis…

Sébastien demeura immobile et silencieux. Il n'osait plus regarder Julie en face; il craignait que même sans un mot, les sourcils froncés et l'air interrogateur de la jeune femme ne mettent en doute sa santé mentale.

Les nuées de sel animées par le vent s'épaississaient. D'une voix calme et contrôlée, Julie suggéra de rentrer. Janvier lui mordait la chair jusqu'à la moelle des os.

*
* *

> Mon grand-père avait coutume de dire : « La vie est étonnamment brève. Dans mon souvenir elle se ramasse aujourd'hui sur elle-même si serrée que je comprends à peine, par exemple, qu'un jeune homme puisse se décider à partir à cheval pour le plus proche village sans craindre que — tout accident écarté — une existence ordinaire et se déroulant sans heurts ne suffise pas, de bien loin, même pour cette promenade. »
>
> Franz KAFKA,
> *Le plus proche village.*

À la radio, il était encore question de la crise en Haïti. Sébastien se leva brusquement et éteignit l'appareil. Puis il se mit à arpenter le salon.

Que te reste-t-il d'Haïti, Sébastien ? Que te reste-t-il du pays de tes pères ?

La tempête précipitait des pelletées de neige contre la fenêtre tatouée de givre.

— Écoute, je suis désolé. Tu dois me croire fou...

Il n'osa pas continuer, effrayé par l'hypothèse.

Assise sur le sofa à l'autre bout de l'univers enserré entre les quatre murs de son salon, Julie scrutait son verre. Les cubes de glace, comme des îles flottantes, tournoyaient dans le Carioca ambré. Que penser d'autre ? Cette histoire avait tous les relents de la démence.

Et Prospère... ?

Sébastien toussa de malaise avant de reprendre, hésitant : « Je pensais à quelque chose... de très étrange. Je m'en souviens à peine... »

Il vint s'asseoir près de Julie. « Quelque chose que j'ai lu quelque part. Une théorie sur les univers parallèles. Des mondes identiques à quelques détails près. Peut-être... peut-être s'est-il formé une brèche entre deux de ces réalités, peut-être ai-je glissé sans m'en rendre compte sur un autre plan de réalité, peut-être le vieil homme serait-il sur le seuil de la faille, à cheval entre deux univers... »

Au fond, il ne croyait pas à cette hypothèse encore plus troublante que la première.

La vitre grinçait dangereusement ; le vent meublait leur silence de ses hurlements déchaînés.

Tout à coup, la pâle lumière, tremblotant d'effroi, s'éteignit, telle une chandelle soufflée par le vent. « Qu'est-ce qui se passe ? » s'inquiéta Sébastien.

— La tempête a dû rompre les câbles, supposa Julie pour se rassurer elle-même.

Elle trébucha dans le noir jusqu'à la bibliothèque, s'empressa d'allumer sa lampe à l'huile et faillit la laisser tomber à la vue du vieux noir qui se tenait debout devant elle. « Qui êtes-vous ? »

C'était un vieil homme rachitique, aux cheveux crépus et farineux, aux yeux gris mat, couleur cendre de rêve, enfoncés au creux d'un nid de rides, et qui flottait dans des vêtements trop amples, fripés et sales.

— Bonsoir, Sébastien, fit l'intrus très calmement.

Oui. Intrus. C'est ce mot qui le premier vint à l'esprit de Sébastien, bien avant « inconnu » ou même « ennemi ».

Comme s'il savait que le vieil homme et lui ne pouvaient appartenir au même monde.

— Sébastien, qui est-ce ?

— Je ne sais pas.

— Allons, allons, Sébastien, dit le vieux noir en avançant vers son vis-à-vis qui reculait instinctivement. Un petit effort…

Sébastien secoua la tête ; il ne pouvait pas, ou alors ne voulait pas se rappeler. Le vertige le reprit.

Julie décrocha et brandit le combiné du téléphone.

— Si vous ne partez pas tout de suite, j'appelle la police.

— Inutile, mamzelle. La tempête a rompu les fils du téléphone aussi…

Elle ne daigna même pas porter le combiné à son oreille ; inexplicablement, elle sentait qu'il avait raison.

— Qui êtes-vous, à la fin ? s'énerva Sébastien. Pourquoi me suivez-vous ?

— Tu sais pas ? s'étonna l'intrus en se laissant choir sur le sofa. Baptiste. Prospère Maximilien Baptiste.

Le vieil homme tendit la main vers le verre à demi vide de Julie. « Ouais, rhum canadien, soupira-t-il après avoir reniflé l'alcool. Ça vaudra jamais même le pire des *kleren* *, n'est-ce pas, Sébastien ? »

Sébastien ne répondit pas. Julie et lui échangèrent des regards désemparés. Le salon tournait autour d'eux tel un manège. « Sébastien Laroque, souffla le vieillard entre deux gorgées. J'ai toujours aimé ce nom. Il a de la classe, vous trouvez pas ? »

— Sébastien, qui est cet homme ? Ton père ?

---

* Rhum blanc, de qualité médiocre.

— Pas vraiment, mamzelle. En un sens, oui. Dans le cas de Sébastien, je suis ce qui se rapproche le plus d'un père...

— Que voulez-vous dire? demanda Sébastien.

— Tu te rends compte que t'as aucun souvenir qui remonte plus loin qu'hier...

— Et alors?

Prospère vida le verre, le considéra avec une moue prononcée puis le posa sur la table.

— Ça veut dire, Sébastien Laroque, qu'avant hier tu n'existais pas réellement...

— Vous êtes fou.

L'intrus acquiesça de la tête puis se releva péniblement comme si l'effort en demandait trop à ses vieux os.

— Je t'ai créé, Sébastien. De la tête aux pieds. Regarde-toi: jeune, vigoureux, du succès avec des Blanches, un emploi sûr, pas de complexes. Sans failles. Le supernègre, quoi! Exactement... — Il marqua une pause, avala sa salive avant de compléter: — Exactement l'homme que j'ai toujours rêvé d'être...

La gifle glaciale de la tempête secoua l'appartement de plus belle; il vacillait comme une toupie sur ses derniers tours. Le regard de Julie allait et venait entre Sébastien et Prospère. Jamais elle n'aurait pu imaginer d'hommes plus différents et pourtant, à la lumière orangée de la flamme, ils se ressemblaient presque.

— Vous êtes fou, répéta Sébastien.

— Sans doute. Ça expliquerait pas mal de choses, dit Prospère, et un rire amer ronronna dans sa poitrine. Je suis venu au Canada il y a environ vingt ans, avec ma femme et mon fils; je faisais partie de la seconde vague d'immigrants haïtiens, comme ils disent, les sans-gloire qui n'étaient ni médecins, ni professeurs, ni avocats. Je venais chercher un emploi, peut-être une nouvelle patrie. Ma pauvre Josette ne vit même pas passer deux hivers. Pneumonie. Mon fils ne se remit jamais du décès de sa mère; il me tint pour principal responsable et ne me pardonna jamais, me maudit même de l'avoir emmené en ce pays plus froid qu'un cimetière. Il est parti. Je ne l'ai pas revu depuis dix ans.

Sébastien serra les poings pour mieux combattre le vertige. Des bouts d'images volaient dans son esprit, se cristallisaient, s'assemblaient. Mais pas parfaitement. Il manquait encore des pièces. «Je suis venu ici en pensant trouver un paradis et j'ai perdu les deux êtres qui m'étaient les plus chers, sanglotait le vieillard, blême et trempé de sueur. Ma vie a tourné au cauchemar. J'avais faim. Je me faisais vieux. J'étais malade. On peut pas finir une vie dans la solitude et la peur. Alors je me suis mis à rêver, pour repousser la mort. Je rêvais de la vie que j'avais ratée, je rêvais de toi, Sébastien Laroque. Ardemment. De toutes mes forces.»

Le vertige cédait progressivement à une migraine. La douleur submergeait les pensées de Sébastien. Il s'agrippa à l'image d'une vieille négresse entraînée dans un tourbillon obscur et sans fond.

— Où voulez-vous en venir? intervint Julie, étouffée par une aberrante impression d'irréalité.

— Hier soir, expliqua Prospère, pendant que je dormais, je ne sais pas comment, mais il s'est échappé. Il est sorti de ma tête, il s'est fait homme, comme on dit.

— Et vous l'avez suivi…?

— On ne peut pas vivre sans ses rêves, mamzelle. Surtout pas à mon âge, quand c'est tout ce qui vous reste.

À nouveau, il avança vers Sébastien et lui tendit la main. «Je suis venu te reprendre. Dans ma tête.»

— Ça n'a aucun sens, dit Sébastien, apeuré malgré lui.

Le vieux cligna des yeux, étourdi, et avança encore. «Non!» protesta Sébastien.

— Ne sois pas ridicule, Sébastien…

— Non, vous n'êtes pas réel.

Prospère s'immobilisa, comme s'il venait de se heurter à une cloison de verre. Il ouvrit la bouche mais aucun mot ne franchit ses lèvres. «Vous n'existez pas, Prospère Baptiste, enchaînait Sébastien. C'est vous qui êtes issu de mes rêves. De mes cauchemars.»

Dehors, la poudrerie poussait toujours contre la vitre, cherchant à entrer pour les noyer tous. «Regardez-vous: vieux nègre sale, pauvre, amer, bourré de complexes. Un raté, une loque humaine, un essuie-mains pour Blancs.»

Peu à peu, Sébastien retrouvait son assurance. Mais on aurait presque dit qu'il se parlait à lui-même. «Mon père était exactement comme ça et il est mort pauvre. Alors j'ai lutté, toute ma vie, contre cette mentalité qu'il avait essayé de m'inculquer. Contre l'image de ce que vous représentez, Prospère Baptiste. J'ai quitté Haïti avec l'idée de devenir quelqu'un d'important. Plus qu'un chauffeur de taxi, qu'un plongeur ou qu'un mécanicien.»

La migraine, telle une farouche guerrière, lui martelait le crâne de l'intérieur. «Je voulais leur montrer qu'on est pas obligé de courber l'échine simplement parce qu'on est noir. Je voulais être riche et respecté. Et surtout, je voulais réussir là où mon père avait échoué, parce que je voulais qu'il puisse être fier de moi.»

Julie les observait en retenant sa respiration, sans comprendre pleinement. Les deux visages noirs et luisants de sueur blêmissaient davantage à la lumière de la lanterne.

Elle avala sa salive puis fit un pas vers les antago-
nistes muets mais, avant qu'elle n'ait ouvert la bouche, les
deux hommes, unis par un même cri primal, s'élancèrent
l'un vers l'autre. Cherchant à les esquiver, Julie trébucha
sur la table du salon et laissa tomber la lampe à l'huile.
Sébastien et Prospère roulèrent au plancher. La lanterne
se fracassa au pied de la fenêtre ; du coup, un bouquet de
flammes cramoisies tordit les rideaux et, bien vite, l'air
s'enténébra de la fumée noire des rêves embrasés…

*

*   *

Au sortir de son cauchemar, Julie Ruest s'éveilla sur le lit
d'hôpital. Selon l'infirmière de garde, elle pouvait s'esti-
mer bénie des dieux. Juste quelques ecchymoses et brû-
lures mineures ; rien qui la marquerait de façon perma-
nente. « Ç'aurait été dommage ; une si belle enfant… »

Seule dans la petite chambre, elle tenta de démêler
idées et souvenirs. Dans les décombres, on n'avait trouvé
nulle trace des deux hommes qu'elle avait mentionnés.

Parcourue de mille frissons, la jeune femme tendit
la main vers le téléphone. Parler lui ferait du bien. Seulement à qui ? Elle n'arrivait à se souvenir du numéro de
téléphone d'aucun de ses proches. Ni de leur nom.

Ni même du visage de son père ?

Pendant d'interminables moments, elle lutta contre
l'irrépressible envie de regarder au coin de son œil.

> *Is all that we see or seem*
> *but a dream within a dream ?*

Edgar Allan Poe

Jonquière, mai 1986

Ban mwen yon ti-bo

En hommage à Richard Matheson

Morte !

Cette nuit-là, la sournoise conviction lui assaillit l'esprit avec la soudaineté d'un raz de marée. Pourquoi elle avait attendu tout ce temps avant de se manifester, Raoul Célestin n'aurait su le dire ; mais elle s'imposait maintenant à lui comme un récif dans la tempête.

Au fond, le pourquoi n'était d'aucun intérêt ; ce qu'il importe de dire, c'est que cette nuit-là, tandis que Raoul était étendu auprès de sa compagne dans le silence de leur appartement somnolent, l'horrible certitude monta en lui telle une houle démentielle :

Katherine, celle avec qui il partageait ce lit de tendresses passées, était morte. Et ce corps fragile qui roupillait à ses côtés, à peine soulevé par une respiration régulière et stertoreuse, était un cadavre.

Katherine ? Un zombi ? se questionnait-il, luttant contre le non-sens qui submergeait sa raison. *Comment est-ce possible ?*

Mais des ténèbres glacées qui remuaient au-dedans de lui ne vint aucune réponse.

*
*   *

Au baiser de Katherine sur sa nuque, il lâcha sa tasse de café et porta une main à sa poitrine, pour empêcher son cœur de s'en arracher.

— *Hò-hò ?* Mais qu'est-ce qui te prend ? s'étonna-t-elle. On croirait qu'un *lougarou* t'a mis la patte dessus ?

— Je suis désolé, Katou, bafouilla-t-il en épongeant le dégât sur le comptoir. Je ne t'avais pas entendue…

Il se versa une nouvelle tasse de café.

— Tu m'en sers une, s'il te plaît, demanda sa femme qui vraisemblablement cherchait encore la source du malaise.

Il acquiesça sans un mot et tendit à Katherine la tasse demandée, en prenant bien garde que leurs doigts ne se touchent.

Katherine haussa un sourcil inquisiteur et prit place devant la table à manger. Les roses lueurs d'un jour encore hésitant esquissaient des souvenirs sucrés sur sa peau lisse et chocolatée. Raoul se surprit à la trouver encore jolie, même après sept années de vie commune sous deux latitudes, et la pensée perverse que jamais, au Canada, au pays ou ailleurs, on n'avait vu de cadavre mieux conservé lui traversa l'esprit. Il dut lutter pour bloquer l'entrée aux images de chair putréfiée, rongée par les vers, qui cherchaient à s'insinuer en lui.

— Non ! fit-il à mi-voix pour évacuer ces visions.

Levant les yeux vers le visage parfait en face de lui, il prit conscience que Katherine venait de lui adresser la parole. « Oh, excuse-moi. Je ne t'écoutais pas… »

— Je m'en suis bien rendu compte. Je t'ai demandé où tu allais de si bonne heure ce grand matin, ni rasé ni coiffé, répéta Katherine, de plus en plus angoissée par ce comportement bizarre. Tu ne travailles pourtant jamais le dimanche, ta boutique n'est même pas ouverte.

— C'est que je, j'ai quelques courses à faire, mentit-il gauchement en enfilant son veston à la hâte. Je ne serai pas bien long, promis…

— Oh Raoul, pendant que tu es en ville, tu pourrais passer à la pharmacie m'acheter de la lotion, s'il te plaît ? Je ne sais pas ce que j'ai, ma peau est toute déshydratée depuis quelque temps…

— D'accord, j'essayerai d'y penser, promit-il.

Il se précipita vers la porte, mais la voix de Katherine interrompit son élan et l'immobilisa sur le seuil.

— Raoul ? Et ma bise ? s'indigna-t-elle, sur un ton mi-taquin, mi-grave. Tu n'allais pas sortir sans me donner une bise, j'espère ?

La panique l'étouffait. Debout devant lui, les poings sur les hanches, Katherine attendait de pied ferme.

Crispé, il fit un pas vers elle et, à la dérobée, effleura de ses lèvres cette chair qu'il redoutait tant. À ce baiser hésitant, Katherine fronça les sourcils, interloquée, mais avant qu'elle n'eût prononcé le moindre mot, Raoul s'était éclipsé.

*
* *

Les yeux noirs cadrés dans la visière le scrutèrent suspicieusement et, durant cet interminable silence, Raoul eut la singulière impression qu'il n'y avait personne de l'autre côté de la porte et que cette paire d'yeux méfiants y avait en fait été greffée. Les yeux clignèrent et, avec un grom-mellement inarticulé, l'homme daigna enfin ouvrir à Raoul.

— *Tann mwen la**, lui ordonna son hôte, un énorme mulâtre aux narines de gorille, avant de s'engouffrer dans le sombre corridor.

Dès que le primate nonchalant eut tourné les talons, une vague de parfums déferla sur Raoul. L'appartement expirait vers lui une haleine fétide où se mêlaient effluves de friture, de hasch et de mangues trop mûres. L'endroit était incroyablement miteux, même pour ce quartier mal famé. Paupières closes, Raoul se serait plus volontiers cru dans un bidonville tropical qu'en pleine métropole cana-dienne.

Un grognement du gorille l'arracha à ses cogi-tations ; *Papy Bòkò* le recevrait, moyennant un débours de cinquante dollars. Acquiesçant à ce prix selon lui équi-table, Raoul fit mine d'avancer vers la salle de méditation du *houngan*, mais le mulâtre lui bloqua le chemin, mine nouée et main tendue. Évidemment ! Raoul tira un billet de cinq dollars de sa poche et le glissa dans la main du mastodonte qui ne s'écarta cependant que lorsque Raoul eut doublé sa mise.

Cerclé de *vèvès*** tracés à la craie sur le plancher et de peintures naïves représentant divers personnages du panthéon *vodou*, *Papy Bòkò* était dans la position du lotus, les yeux fermés, devant l'inévitable encensoir qui imprégnait l'air ambiant de mysticisme. C'était un petit nègre chétif, au visage rabougri au bout d'un cou frêle qui faisait songer on ne sait pourquoi à une tortue.

---

* « Attendez-moi ici. »
** « Dessin symbolique représentant les attributs d'un *lwa* (esprit du *vodou*). »

Raoul n'avait jamais consulté de *houngan* — son père, ministre baptiste, l'avait élevé dans le plus sincère mépris de «ces superstitions pour gens d'*en-dehors**» —, mais il avait entendu de ces histoires selon lesquelles il estimait le tableau qu'il voyait tout à fait vraisemblable.

— C'est pour te faire couper les cheveux que tu es venu? demanda en créole le vieillard, et sa voix éraillée sonna à l'oreille de Raoul comme une pluie de gravier sur un toit de tôle.

— Non, *Papy Bòkò*, je viens pour…, commença-t-il, mais, de son index, le mage lui imposa le silence puis lui pointa un petit panier rempli de billets au pied d'une statuette de *Dambala-Wedo*.

Avec un soupir résigné, Raoul déposa son offrande au dieu-couleuvre puis s'assit en face de *Papy Bòkò* qui gardait ses paupières closes.

— Ce n'est pas pour te faire couper les cheveux?

— Non, *Bòkò*, je ne viens pas pour mes cheveux. C'est au sujet de ma femme…

— Pour ta femme, hein? C'est triste, msye; tu aurais moins de problèmes si c'était pour tes cheveux…

Raoul approuva d'un signe de tête, même si cette affirmation n'avait rien à voir avec son problème, et se surprit à se demander, absurdement, s'il ne ferait pas mieux d'en profiter pour se faire coiffer par le *houngan* qui, c'était de notoriété publique, avait toujours raison. «*Di'm non, msye,* enchaîna alors *Papy Bòkò, sa madanm'ou genyen?* **»

---

* Péjorativement: paysans, gens de la campagne.

** «Dis-moi donc, monsieur; qu'est-ce qu'elle a, ta femme?»

— Euh, je, eh bien voilà, hésita Raoul qui ne savait plus trop où commencer, je crois que ma femme est morte et zombifiée.

Le vieux ouvrit brusquement les yeux. Voilà! Il avait énoncé l'abominable à haute voix et le tout lui avait paru encore plus abracadabrant que dans le silence morbide de son esprit.

— Comment le sais-tu? demanda calmement *Papy Bòkò*.

— Je ne pourrais pas expliquer comment, avoua Raoul, mais j'ai l'impression que Katherine est morte et que je vis avec un cadavre depuis trois ans.

— Et que puis-je pour toi?

— Je ne suis pas certain, je crois... J'aurais voulu que vous me conseilliez sur un moyen de m'assurer que ce cauchemar est bien réel, que je n'ai pas perdu la boule...

Le silence du *houngan* s'étira pendant d'agonisantes secondes avant qu'il ne pointe à nouveau l'insatiable panier de *Dambala**. Une fois que Raoul eut ajouté un nouveau billet, le mage se mit à entonner à mi-voix une incantation dans un jargon qui ressemblait à une langue africaine. Au bout de quelques minutes de gesticulations aussi obscures que les incompréhensibles refrains, *Papy Bòkò* rouvrit les paupières.

— *Tande-m ben, msye***, déclama-t-il, solennel. Si ta femme a été, comme tu le dis, zombifiée, tu pourras t'en assurer dès la prochaine fois que ton regard croisera le sien car le regard du est un regard vitreux.

---

* «Dieu-couleuvre, génie des sources et des rivières; il occupe un rang très élevé dans le panthéon *vodou*. »

** « Écoute-moi bien, monsieur. »

— Katherine porte des verres de contact permanents…

— Alors essaie de lui faire avaler du sel, en grande quantité : le ne peut manger de sel.

— Katherine n'a jamais pu manger de sel. Problèmes de tension artérielle…

— Confronte-la à un crucifix ; le ne peut supporter la vue d'objets religieux.

— Ce serait pas plutôt les vampires ?

Papy Bòkò sembla sur le point de s'indigner de cette objection, mais se ravisa et sortit de son boubou un petit flacon de verre empli d'un liquide bleu. « Qu'est-ce que c'est ? »

— Un élixir de vérité, répondit le vieux nègre avec pompe. Une seule gorgée et tes facultés de perception seront décuplées ; tu deviendras apte à percevoir des choses qu'Antoine Langommier* lui-même n'aurait jamais soupçonnées, capable de percer à jour n'importe quel déguisement ou illusion…

Intrigué, Raoul tendit la main vers le précieux flacon mais, d'un mouvement brusque, *Papy Bòkò* l'éloigna hors de portée et lui pointa du menton le panier de *Dambala*.

« Tu es sûr que tu ne veux pas en profiter pour te faire couper les cheveux, *kompè ?* ajouta le *houngan*, bon vendeur, alors que Raoul reculait vers la porte. Ça ne te coûterait pas trop cher, je t'assure… »

Interloqué, Raoul hésita un moment, déclina l'offre d'un signe de tête et sortit. Le vieillard se mit aussitôt à compter la somme des offrandes tandis que Raoul serrait

---

* Célèbre clairvoyant haïtien.

dans son poing le flacon qui, il le souhaitait de tout son cœur, renfermait la solution à son dilemme.

— Raoul ? Hé, Raoul !

Raoul s'immobilisa ; devant la boutique d'aliments importés de l'autre côté de la rue, un compatriote serrait un sac de papier brun contre sa poitrine d'une main et, de l'autre, tentait d'attirer son attention. « *He, tèt-boulèt**, par ici ! » criait-il de plus belle en se faufilant entre les voitures figées par un feu rouge.

— Henri Jean-François ? Comment se fait-il que tu sois déjà revenu ? Je croyais que tu devais passer huit mois au pays ?

— Ah, mon cher, Haïti n'a rien à faire des intellectuels ; tant qu'à chômer, j'aime encore mieux le faire dans le confort, expliqua Henri. Mais regardez-moi ce vagabond, proprio de boutique d'informatique, gras comme un voleur, pas peigné ni rasé ; depuis quand Katherine te laisse-t-elle aller aussi mal foutu ? Et puis, qu'est-ce qu'un *gran-banda*** comme toi vient foutre dans ce quartier de malheureux ?

— J'avais une commission à faire chez un cousin à moi, bégaya Raoul sans conviction.

— C'est quand même drôle ; j'avais presque l'impression que tu revenais de chez *Papy Bòkò*...

— Allons donc, se défendit Raoul instinctivement, en glissant discrètement le flacon dans sa poche. Quelle idée...

— Sait-on jamais ? Les Haïtiens sont des gens drôles ; ils viennent vivre à Montréal ou New York, dans la société moderne et hyper-industrialisée des Blancs,

---

* Sobriquet créole familier, utilisé pour décrire quelqu'un dont les cheveux seraient mal coiffés.

** Ironiquement, un personnage important, un gros bonnet.

128

deviennent informaticiens ou docteurs… Et pourtant, ils n'arrivent pas à laisser derrière eux leurs croyances ridicules. Mais, dis-moi, tu vas où maintenant ?

— Nulle part. C'est-à-dire, je m'en allais chez moi…

— Alors suis-moi ; je vais te donner une *roulib*…

Raoul emboîta le pas à son copain qui continua à philosopher, même après qu'ils eurent pris place à bord de sa vieille Chrysler. « Tiens, je connais une jeune paysanne — en fait, c'est une cousine à moi — qui, à peine débarquée à Montréal, est arrivée face à face avec une porte automatique, à l'aéroport. Et tu sais quelle réaction elle a eue quand la porte s'est ouverte toute seule ? »

— Non…

— Elle s'est mise à injurier la porte : *« Ah non ! M'pa nan bagay konsa, non ! Pou w'ta vinn pousuiv mwen jus nan Kanada ? * »* qu'elle hurlait, convaincue qu'elle s'adressait à des *lwa**…*

Henri s'esclaffa d'un rire aigu et contagieux. Les deux hommes se lancèrent alors dans une revue de souvenirs cocasses du pays et de ses gens et Raoul s'avisa avec surprise et soulagement que ses mains ne tremblaient plus.

Toutefois, dès que l'auto se fut arrêtée devant l'entrée de l'immeuble, il sentit la panique s'inoculer de nouveau en lui. Il pensa à offrir à son copain de descendre un moment, pour prendre un grog, regarder le match de foot à la télé, n'importe quoi pour ne pas être seul avec Katherine. Mais il n'osa pas et, après un échange d'adres-

---

* « Ah non ! Je ne marche pas ! Vous m'auriez poursuivie jusqu'au Canada ? »

** Divinités, esprits du *vodou*.

ses, de numéros de téléphone et de promesses d'une soirée d'audience entre compères, la Chrysler ne fut pas longue à disparaître au bout de la rue.

La porte de l'appartement s'ouvrit sans grincer et Raoul constata avec un soupir de soulagement que Katherine était sortie.

Dans sa chambre, il vida ses poches, un peu honteux à l'écho des paroles d'Henri, et déposa le flacon sur la table de chevet, s'évertuant à penser à autre chose. Comme par exemple à la franchise de Multi-Logic qu'il avait obtenue et dont les affaires allaient comme sur des roulettes. Irrémédiablement, ses pensées vagabondes revinrent à Katherine ; il se rappela les vacances au pays qu'il lui avait promises pour l'automne. Ému, il se retourna et chercha dans l'oreiller le souvenir parfumé qu'elle aurait pourtant dû y laisser.

Pas la moindre odeur.

Terrifié, Raoul empoigna le flacon et en ingurgita le contenu d'une seule traite.

Il se redressa d'un bond, attendant que l'élixir miracle fasse effet et —

Et rien.

Ni explosion kaléidoscopique, ni langue de feu céleste, ni le moindre phénomène de cet acabit.

Seulement un goût amer de traîtrise.

Réprimant quelques jurons, Raoul lança la fiole vide contre le mur. Il s'alluma une cigarette et l'éteignit aussitôt, pestant contre le charlatan et aussi contre sa propre naïveté, puis se tourna vers le bout d'été encadré par le châssis.

Il se leva pour ouvrir la fenêtre, mais n'avait pas fait un pas que la chambre se mit à tournoyer comme un manège.

Il retomba lourdement sur le matelas, luttant contre la torpeur nauséeuse qui le gagnait.

L'éclat du soleil sur le plafond blanc l'étourdissait ; il ferma les yeux une fraction de seconde et n'en trouva la pièce que plus aveuglante de lumière. Ses paupières se refermèrent d'elles-mêmes et, doucement, rumeurs, parfums et voix montèrent de l'obscurité.

Au contact de la main sur son épaule, Raoul rouvrit les yeux et ne trouva pas la force de s'étonner du décor autour de lui : un cimetière des Gonaïves.

— Ça va, *mèt ?* s'inquiéta Henri en le secouant un peu. Pendant un instant, j'ai cru que t'allais être malade.

Raoul entrouvrit les lèvres sans parvenir à articuler. Derrière son copain, un cortège funèbre cahotait sur le sentier de terre vaseuse qui serpentait entre les stèles. «On y va ?» reprit Henri en le pressant sans le brusquer.

Sans un mot, Henri et lui rejoignirent le peloton. Il n'y avait pas un seul enfant dans tout le cortège et, curieusement, ce détail semblait d'une importance particulière. Derrière eux, cachée par les pleureuses, une femme que Raoul voyait mal sanglotait à petits cris irréguliers et jurait contre ce vagabond qu'elle accusait d'avoir entraîné sa fille dans l'exil pour ensuite l'assassiner.

Raoul porta une main à son front ; sa tête bourdonnante des migraines du soleil, du chant des cigales et du crépitement de l'herbe sèche le faisait souffrir atrocement. Tout en avant, encadré par deux jeunes prêtres, le curé chantonnait dans une langue que Raoul supposait être du latin. «Évidemment, lui murmura Henri, on chante dans une langue morte pour les mortes...»

Lorsque enfin le cortège s'immobilisa devant un somptueux mausolée au sommet de la colline, un silence de plomb s'abattit, plus lourd et plus écrasant que l'impitoyable soleil de sang. Les religieux baissèrent la tête pour se recueillir et le reste du convoi les imita. La mère de la défunte, au second rang, marmonnait toujours ; Raoul la chercha du regard sans parvenir à la distinguer de toutes ces femmes en deuil. Il épongea son front ; la fièvre lui battait aux tempes. Au bout d'une interminable oraison à mi-voix, le curé se retourna vers le cortège. Raoul ne put discerner les traits de cette ombre découpée dans la lumière éblouissante ; mais lorsque le prêtre s'adressa à eux dans cette langue qui ressemblait de moins en moins à du latin, Raoul crut le reconnaître.

Le curé s'engagea dans la gueule du caveau, suivi de son escorte, des porteurs et d'une femme en pleurs. D'un coup de coude, Henri signifia à Raoul qu'il devait suivre lui aussi.

À l'intérieur, les trois prêtres s'agenouillèrent au pied d'une niche dans laquelle on faisait glisser le cercueil. La mère éplorée se mit à genoux à son tour ; de la dureté du regard des porteurs, Raoul déduisit qu'il devait faire de même. Le célébrant reprit sa litanie qui ressemblait de plus en plus à une incantation en langue africaine.

La torpeur envahissait ses membres ; Raoul ne ferma les yeux qu'une fraction de seconde mais lorsqu'il les rouvrit, il se trouva seul avec l'écho du chant funèbre, au pied de la niche identifiée par une plaque de bronze :

KATHERINE JOSEPH-ALEXIS
Fille adorée
4 septembre 1958 — 3 mai 1983
« À jamais vivante dans notre souvenir »

Reculant instinctivement, un cri de terreur inarticulée roulé dans la gorge, Raoul se buta à quelqu'un derrière lui.

— Et ma bise, Raoul ? s'indigna sa femme sur un ton mi-taquin, mi-grave. Tu n'allais pas sortir d'ici sans me donner une bise, j'espère ?

Raoul bondit vers l'escalier, vers la lourde porte tout en haut qui se refermait d'elle-même, lentement, sans grincer. Il tenta de la pousser, en vain, puis recula de deux ou trois marches et s'élança dans l'espoir de la défoncer.

Tirée de l'extérieur en un mouvement sec, la porte s'écarta de son chemin et il eut tout juste le temps de retenir son élan pour ne pas heurter Katherine. Un sac de plastique en main, elle le considéra d'un air intrigué tandis qu'il reprenait peu à peu conscience de l'appartement autour de lui.

— Tu ne revenais pas, alors je me suis dit que je ferais peut-être mieux d'aller chercher moi-même ma lotion, expliqua-t-elle sur un ton de reproche. Et puis, il fallait que j'aille à la pharmacie de toute manière…

Raoul secoua la tête pour en évacuer les dernières séquelles du rêve. « Tadam ! » fit fièrement Katherine en tirant de son sac une ampoule de liquide bleu. Prenant le mutisme de son homme pour de l'incompréhension, elle ajouta : « C'est maintenant officiel, sans doute pour le mois de décembre… »

Raoul ne répondit mot et lorsque Katherine lui demanda s'il n'avait pas entendu, s'il n'était pas heureux, le silence du tombeau monta en lui, le silence et ce même vertige nauséeux qu'il avait ressenti avant son cauchemar. Il n'eut pas le loisir de se tourner du côté de sa femme parce qu'à cet instant précis, son regard tomba sur ses chaussures couvertes de vase…

Henri lui tendit le rhum; il vida son verre d'une seule gorgée puis le remit à son ami pour une seconde tournée. Henri versa le reste de la bouteille dans le verre, avec une éphémère grimace de contrariété vite chassée par l'expression conciliante que réclamait la détresse de Raoul. Celui-ci prit un moment pour retrouver son souffle, avala un peu de rhum avant d'oser demander:

— Dis, Henri, est-ce que tu crois aux *zombis*?

Henri posa la bouteille de Barbancourt vide sur la table puis leva vers son ami un regard perplexe.

— Tu sortais vraiment de chez *Papy Bòkò* cet après-midi, n'est-ce pas?

Raoul acquiesça avec gêne et réitéra sa question avec plus d'insistance. Henri alla fermer les rideaux à la nuit tombante, comme pour s'assurer que personne ne puisse les espionner. Il arpenta la pièce avant de reprendre la parole: «Mon grand-père maternel était un homme étrange. À Jacmel, un tas de rumeurs circulaient sur son compte; il avait, entre autres, la réputation d'être un *djab**. On raconte qu'un jour qu'il marchait dans la plaine avec d'autres habitants, un essaim de lumières multicolores est descendu du ciel vers lui. Alors que tous les autres se plaquaient contre le sol, redoutant une quelconque punition céleste, mon grand-père se serait élevé au milieu de la tempête lumineuse. À ce qu'on dit, il aurait ordonné aux couleurs de partir, de revenir une autre fois

---

* Créature maléfique, démon.

et celles-ci l'auraient redéposé gentiment au sol avant de s'estomper… »

Après une interminable pause, les regards des deux hommes se croisèrent.

— Tu ne m'as toujours pas répondu ?

Henri s'assit près de Raoul et posa la main sur l'épaule de son compère.

— Écoute, en tant que Nord-américain du vingtième siècle, je ne peux pas sérieusement prêter foi à ces contes pour bonnes femmes qui ont fait mes cauchemars de jeunesse…

— Mais…, enchaîna Raoul, souhaitant désespérément qu'il y ait un *mais…*

— Mais en tant qu'Haïtien, élevé au milieu de ces contes pour bonnes femmes, je suppose qu'une partie de moi croit encore aux *lwa*, *djab*, *lougarou* et autres mythes qui sont ma culture même… Avant d'être une source d'inspiration pour scénaristes d'Hollywood en mal de sensationnel, le *vodou* est une religion avec son propre système de valeurs, ses propres mythes qui prennent leurs racines dans des réalités bien concrètes. Des recherches ont montré que l'état de zombification était induit à l'aide d'un poison extrêmement puissant ; rien de surnaturel, juste une drogue.

— La paix avec ce baratin pseudo-scientifique pour Blancs ! Je te parle de vrais cadavres qui reviennent à la vie, de cris inhumains qui s'élèvent au-dessus des mornes les soirs de pleine lune, de gens qui se métamorphosent en couleuvres ou en insectes à volonté ! La magie noire, Henri ; je te parle de la main gauche du *vodou* !

À cet éclat de Raoul, Henri fronça les sourcils, bien conscient qu'une visite chez *Papy Bòkò* ne saurait à elle seule justifier un tel comportement. «Désolé, s'excusa timidement Raoul. J'aurais pas dû crier...»

— Mais qu'est-ce qui ne va pas, à la fin?

Raoul chercha au fond de son verre un regain de courage puis se décida enfin à confier à son ami les détails de ses cauchemars au sujet de son épouse et de son expérience avec l'élixir de *Papy Bòkò*. Une fois son récit achevé, il baissa les yeux, tel un gamin surpris à chaparder des douceurs en plein marché public.

Comme il l'avait redouté, Henri le réprimanda vertement pour la naïveté qui l'avait conduit à consommer l'hallucinogène que lui avait vendu ce *pusher* déguisé en *houngan* et qui n'avait servi qu'à amplifier ses fantasmagories.

Au bout du compte, cette visite chez Henri avait réussi à convaincre Raoul du ridicule de ses angoisses; maintenant, il pouvait retourner chez lui et essayer de rapiécer ce qui restait de son mariage.

*
* *

Il dut s'y prendre par trois fois avant de réussir à mettre un pied devant l'autre pour avancer vers la chambre. Agitée par ses sanglots contenus, Katherine empaquetait ses vêtements dans une petite valise. Raoul ouvrit la bouche, mais ne parvint à articuler sa question idiote qu'au bout d'un moment.

Katherine se crispa, mais ne se détourna pas.

— Je m'en vais, qu'est-ce que tu crois? répondit-elle.

D'un pas incertain, il se mit en travers du chemin de sa femme, mais elle le contourna et continua à vider ses tiroirs.

— Non, tu dois m'écouter…

— Et pour quelle raison, dis-moi ? explosa-t-elle, à deux poils de la crise de nerfs. J'ai bien vu ton expression quand je t'ai annoncé que j'étais enceinte ; on aurait dit que j'étais soudain devenue un monstre !

Ses mains s'agitaient autour de son visage d'un mouvement nerveux. « Je ne suis pas sûre de comprendre, ni de vouloir comprendre ce qui se passe ici depuis une semaine. Je pensais qu'on avait réussi à se construire quelque chose de solide, toi et moi… »

Le reste de ses paroles fut noyé par les sanglots. Instinctivement, Raoul la tira vers lui et la serra contre sa poitrine avant d'éclater en pleurs à son tour. Combien stupide il avait été de s'imaginer durant une seconde que cette femme vulnérable blottie au creux de ses bras eût pu être une créature de l'enfer ?

Il lui releva le menton, assécha les larmes qui roulaient sur ses joues et, au moment où les mots perdirent tout pouvoir de consolation, les baisers prirent la relève.

Doucement, tout doucement, il l'étendit sur le lit et ils se dévêtirent l'un l'autre, sans cesser de se caresser, avec l'aisance et la grâce des amants de longue date. Et tandis que la langue de Katherine prenait férocement possession de sa bouche, Raoul palpa la chair tendre et bien vivante de ces seins qui s'érigeaient, massa ces fesses bien rondes et bien dodues, et trouva rapidement le chemin de son pubis, chaud et humide. Les doigts de Katherine inscrivirent des poèmes sensuels sur le dos et la poitrine de son homme avant de se refermer autour de son sexe gonflé de désir pour le guider vers le sien.

Il la pénétra sans violence, comme par magie, et imprima à son va-et-vient un rythme contagieux, ponctué de halètements et de baisers, un rythme qui leur appartenait exclusivement. Et lorsqu'il jouit en elle, il connut un calme céleste qui échappait à la description, un éclair de bonheur tout beau, tout paisible qui ressemblait à une petite mort douce, une petite —

… mort ?

Il rouvrit les paupières et son regard rencontra les yeux jaunâtres et exorbités qui éclairaient le visage desséché de Katherine. Sa peau lisse avait pris l'aspect d'un cuir sale et froissé ; son teint chocolaté tirait sur l'olivâtre ; elle ressemblait à ces enfants faméliques qui hantent les petits écrans de télé après minuit. « *Ban mwen yon ti-bo, de ti-bo, twa ti-bo, doudou* * », répétait-elle, en gémissant de plaisir.

Il tenta de se dégager, mais les jambes squelettiques nouées autour de ses reins l'enserraient comme un étau. « *Ban mwen yon ti-bo, de ti-bo, twa ti-bo, doudou* », geignait-elle, encore et encore, en approchant dangereusement ses lèvres putrescentes de celles de Raoul.

Terrorisé, il tendit frénétiquement la main vers la lampe de chevet, la souleva par la base et l'abattit sur le visage cadavérique. Le crâne de Katherine éclata avec un léger clapotis de cantaloup pourri, éclaboussant la tête du lit d'une glaire nauséabonde. « *Ban mwen yon ti-bo, de ti-bo, twa ti-bo…* », résonnait encore la voix passionnée dans l'esprit de Raoul.

---

* « Donne-moi un baiser, deux baisers, trois baisers, chéri... »
— Refrain d'une chanson folklorique haïtienne d'où l'auteur a tiré son titre.

De peine et de misère, il s'arracha du creux des jambes désarticulées de son amante et s'avisa avec répugnance des lambeaux de chair putréfiés emmêlés dans les poils de son pubis. L'espace d'un cillement, il imagina l'enfant, *son* enfant, suffocant dans le sein de cette charogne.

Le goût du rhum remonta en lui et il se précipita vers la salle de bains.

*
*　*

Henri avait à peine pointé le doigt vers la sonnette que Raoul le tira brusquement à l'intérieur. Malgré la patience étonnante dont il avait fait preuve jusque-là, il renonça assez rapidement à décrypter le discours désarticulé de son compère et se dirigea vers la chambre à coucher pour en avoir le cœur net.

Toujours en état de choc, Raoul préféra ne pas l'y suivre et l'attendit nerveusement dans la cuisine. Dès qu'Henri ressortit de la chambre, Raoul reconnut cependant sur le visage de ce dernier l'expression qu'il craignait. Un frisson lui électrisa la colonne vertébrale et il se rendit compte qu'il était encore nu comme un ver.

— Je te jure que j'ai pas rêvé…

Une lueur de pitié plana sur les traits d'Henri.

— Un moment, j'avais presque réussi à me convaincre que tu plaisantais seulement, mais tu crois vraiment à cette histoire…

— Je l'ai tuée tout à l'heure, Henri ! Je l'ai tuée de mes mains, que je te dis !

— Écoute, Raoul : tu as toujours été pour moi un ami très cher et c'est pourquoi je t'ai prêté une oreille attentive quand tu as fait irruption chez moi ce soir ; voilà pourquoi j'ai traversé la ville en plein milieu de la nuit pour répondre à ton appel à l'aide. Mais je sors à l'instant de ta chambre où je n'ai vu aucune trace de cadavre, ni de lutte, ni de quoi que ce soit...

— C'est impossible, je n'ai pas rêvé...

— Rien que Katherine qui dort comme un loir, Raoul ; rien d'autre, renchérit Henri en saisissant son ami par les épaules.

— Non, c'est impossible ! protesta Raoul en se dégageant de la prise d'Henri, puis il tomba à genoux, sanglotant.

Henri s'accroupit à ses côtés.

— Une amie à moi vient d'ouvrir un cabinet au centre-ville ; je pourrais t'obtenir un rendez-vous...

— Sors d'ici, Henri, grogna-t-il.

— Raoul, tu as besoin d'aide...

— SORS D'ICI, J'AI DIT !

Henri acquiesça avec un soupir et disparut bientôt, refermant doucement la porte derrière lui.

Honteusement, Raoul renifla, assécha ses larmes et se releva, s'évertuant à se faire à l'idée qu'il avait tout imaginé. La drogue, oui ! Inexplicablement, il voulait, il devait croire que c'était l'élixir de *Papy Bòkò* qui lui avait suggéré ces hallucinations.

Rempli de cette conviction, il se résigna à passer le seuil de sa chambre à coucher, tête haute, et tâta le mur à la recherche du commutateur.

La lumière blafarde trancha l'obscurité de la chambre. En un rien de temps, son regard fit le tour de cette pièce, réplique fidèle de la description d'Henri. Un moment, il demeura hébété dans l'encadrement, jusqu'à ce que Katherine, à demi somnolente, lui demande d'éteindre.

Sans comprendre, Raoul obéit puis prit place à côté de sa femme, bien que la terreur qu'elle lui inspirait encore, malgré lui, le confina à la toute extrémité de leur lit double.

Katherine roula vers lui en ronronnant comme une chatte.

— Et ma bise, Raoul ? s'enquit-elle alors, sur un ton mi-taquin, mi-grave, en présentant sa bouche avide d'où pointait une langue spongieuse à demi rongée par des vers blancs.

Montréal, août 1987

L'envers du silence

En pensant à Mie-Jo

Englué dans cet espace clos, la moiteur d'une moitié
d'île, il faudrait s'en aller, mais comment en sortir ? Il
y a des taches de sang sur la Caraïbe. Il faudrait s'en
aller, mais il n'y a ni bateau ni Boeing qui puissent
nous conduire ailleurs. Quand les ramiers sauvages
empruntent le long chemin de la migration, la mer
trop souvent rejette leurs cadavres.

Émile OLLIVIER,
Mère-Solitude

Le jour décapité imbibait de rouge l'horizon sur toute sa
longueur et, sous ce crépuscule sanguinolent, la mer re-
muait doucement, imitant le langoureux mouvement
d'une jeune amante assoupie sous des draps de satin.

Sans trop savoir pourquoi exactement je le voulais
et cependant convaincue que je le devais, j'avais fui,
laissé derrière moi une brillante carrière médicale, un
mariage malheureux et une adorable fillette de quatre ans
que je n'étais plus tout à fait certaine d'avoir réellement
désirée, pour échouer sur cette plage où les échos distants
de ma vie se mêlaient à une écume salée comme des
larmes. Pieds plantés dans la chair tendre de l'amère
patrie, j'étais revenue dans l'espoir de rapiécer ces éclats
de moi-même disséminés à tous les vents.

La nuit s'épaississait d'effluves sauvages, du concert des cigales, de légers soupirs marins et de la généreuse essence de l'été, celui de ma jeunesse dont je chérissais encore les reflets estompés.

Je ne me rappelle pas avoir clairement entendu son râle mais, en moins de temps qu'il n'en fallait pour le dire, je m'étais précipitée auprès de lui.

L'homme gisait là, à mes pieds, épave abandonnée par les caprices de la houle. Malgré la pénombre rosée de l'après-jour, je distinguais relativement bien son noir visage émacié, gravement rongé par la misère, et son regard qui lui conservait en dépit de tout un air juvénile. Durant un instant, je crus le reconnaître, mais non ! Nul ne connaît ces gens-là ; on les croise dans la rue sans jamais les remarquer. Ils sont comme les amourettes adolescentes tracées du bout du doigt sur la peau humide de la grève, et que la mer a vite fait d'effacer.

Accroupie près de lui, je constatai que ses vêtements en lambeaux étaient tachés du même sang sirupeux qu'il crachotait en toussant. Sourd à mes conseils, il tenta de se redresser et retomba lourdement sur le dos. Je lui intimai l'ordre absurde de ne pas bouger, le temps que j'aille quérir l'aide de mes voisins, mais avec une fermeté que je ne lui aurais jamais prêtée, il referma la main sur mon avant-bras et m'attira brusquement vers lui.

À la croisée de nos regards, il entrouvrit les lèvres et marmonna, dans le créole que j'avais désappris au fil de l'exil, quelque chose d'inaudible qui se confondit aux murmures d'agonie des vagues.

Puis il se raidit et sombra dans l'oubli.

Je dégageai mon bras de sa poigne de fer et reculai vers les lueurs orangées qui picotaient le long du littoral.

Longtemps après que le vieux Diogène Pierre-Jean et son fils Cyrille m'eurent quittée, je me tins à la fenêtre du chalet. Derrière moi, j'entendais les ronflements pénibles et les balbutiements inintelligibles de l'étranger couché dans mon lit.

— Il vaut mieux que je le garde chez moi, avais-je estimé. Après tout, je suis médecin.

Le vieux paysan avait haussé les épaules. Selon toute évidence, il avait mieux à faire que de palabrer avec une grimelle têtue comme une bourrique. Avant que lui et son garçon ne retournent chez eux, je m'étais cependant entendue avec Cyrille pour transporter le naufragé à l'hôpital, le lendemain à la première heure, si son état venait à s'aggraver — ce dont je doutais fort. J'avais désinfecté et pansé ses plaies, des blessures mineures pour la plupart, et les cachets que je lui avais fait avaler contribueraient à atténuer ses douleurs et à briser sa fièvre, même s'ils n'étaient d'aucun secours contre ses cauchemars.

Je ne pouvais m'empêcher de sourire devant la tournure des événements. J'avais loué ce petit chalet isolé, sans téléphone, ni télévision, ni radio, dans l'espoir de m'oublier... et voilà que les vagues roulaient jusqu'à mon oasis retirée un mémento en chair et en os du serment naïf prononcé par la jeune idéaliste que j'avais été ! Voilà qu'encore je veillais au chevet d'un inconnu, mirage né de l'écume et destiné à ranimer malgré moi l'instinct maternel que je croyais anesthésié pour de bon.

Secouant la tête, je me résignai à m'allonger sur les coussins disposés au pied du lit. Plusieurs minutes durant, je me retournai en tous sens. Lorsque enfin je trouvai une position plus ou moins confortable, le cri tourmenté de mon hôte m'en extirpa abruptement.

Je demeurai un moment paralysée par la stupeur, à attendre qu'il se lève, qu'il parle, qu'il fasse quelque chose, n'importe quoi...

Il n'en fit rien.

Au rythme régulier de sa respiration, je compris qu'il dormait comme un loir. Pas pleinement rassurée pour autant, je me mis en tête de faire de même, malgré la brise glaciale.

Au moment de m'assoupir, je me souviens, des échos montèrent en moi comme la marée. Le naufragé. Ce qu'il avait marmonné à mon oreille un peu plus tôt : *ou pa tande yo ?* * parvins-je à décoder au bout d'efforts concentrés, juste avant que le sommeil ne déferle sur moi.

*

* *

Au pipirite-chantant, je m'éveillai, le corps endolori. Je me massai les paupières, étirai une main vers mes lunettes sur la table de chevet et sursautai à la vue de mon lit désert et des bandages souillés éparpillés avec désinvolture dans la pièce.

Interloquée, je cherchai mon hôte du regard. Par la fenêtre, je le vis debout au milieu de la dentelle mousseuse qui couronnait les vagues. Nimbé d'un halo onirique par un soleil-abricot tout juste arraché aux flots, il parlait à la mer avec l'insistance de celui qui attend véritablement une réponse.

---

* « Ne les entendez-vous pas ? »

— Vous n'auriez pas dû quitter le lit.

Il interrompit son soliloque, se tourna mais ne me répondit pas. Je me tournai vers l'horizon. Quelques nuages gris traînaient çà et là.

— Il va y avoir tempête, murmura-t-il.

— Qu'est-ce qui vous fait dire ça ?

— Je sais, c'est tout.

Son attitude posée évoquait je ne sais trop pourquoi un comportement maniaco-dépressif. Un frisson d'angoisse me longea l'échine quand je me rendis soudainement compte que la nuit ne s'était pas contentée de cicatriser ses plaies, mais les avait complètement effacées. Je n'osai pas commenter ce miracle médical, cherchant à me rappeler si ma fatigue de la veille ne m'avait pas fait voir ses blessures plus graves qu'elles ne l'avaient été en réalité.

Des cris et des clapotis captèrent alors mon attention ; une jeune fille aux seins nus courait le long de la plage dans notre direction, précédée par les échos de son rire et talonnée par un garçon qui rageait sans fureur :

— Je te montrerai bien si je ne suis pas un homme !

— Faudra d'abord que tu m'attrapes...

Elle interrompit sa phrase et son élan pour ne pas se heurter à mon compagnon, puis baissa la tête, s'avisant du même coup de notre présence et de son indécence.

— Pardon, madame, s'excusa le jeune Pierre-Jean. On ne s'était pas rendu compte qu'on empiétait sur votre terrain.

— C'est sans problèmes, Cyrille ; la plage n'a pas de maître. Vous pouvez circuler ici comme vous voulez, toi et ta copine...

— Lucie, madame, compléta-t-il. C'est ma cousine, précisa-t-il ensuite, comme pour nier une assomption pourtant demeurée muette.

Aux fleurs de ses douze ans, la jeune fille portait ses petits seins fermes et pointus avec une arrogance qui rivalisait avec sa réticence à lever les yeux vers nous. Il émanait quelque chose de sa timidité, un genre de fraîcheur printanière parfumée d'anis et de girofle qui me rappela ces après-midi de canicule passés à courir le long des rivières boueuses de mon adolescence, à plonger dans les fourrés en compagnie de mon cousin Jean-Robert pour nous livrer à des caresses que ni lui ni moi n'aurions avouées à nos parents suspicieux.

Tous les quatre, nous demeurâmes un bon moment à nous regarder sans mot dire. Le silence alors résonna d'azur et d'or et je sentis une bouffée d'enthousiasme juvénile remuer en moi :

— Le dernier arrivé dans l'eau est une mangue pourrie ! lançai-je en me précipitant vers les vagues.

J'envoyai au diable mes vêtements et plongeai, tête première, dans la tiédeur de cette mer d'automne, vite rejointe par les clapotements de deux autres plongeurs. Au bout de quelques brasses — l'eau me paraissait de plus en plus chaleureuse —, je me retournai vers mon mystérieux hôte, encore debout sur le rivage.

— Allez, monsieur ! Ne faites pas le trouble-fête ! s'écria Lucie, entraînée dans mon sillage et mon emballement.

— Venez, cette baignade ne peut que vous faire du bien, lui hurlai-je, espiègle, sans me soucier de la véracité médicale de cette prescription.

Haussant les épaules, il fit un pas vers la mer qui lui caressait les chevilles, aguichante, puis se crispa soudainement et porta les mains à ses oreilles, comme pour les protéger d'un vacarme assourdissant auquel lui seul eût été sensible.

Les adolescents tournèrent vers moi des regards perplexes, mais avant que nous n'eûmes hasardé la moindre question, il se jeta à l'eau en criant un « *Me mwen!* * » faussement enjoué, destiné à nous convaincre qu'il n'avait été victime que d'un malaise passager.

Je le crus sans doute parce que je tenais à le croire et laissai le soleil fondre la matinée en rires effervescents et volatils comme la jeunesse.

*

* *

Dans l'après-midi, la faim nous tira de l'eau. Cyrille suggéra d'aller acheter du poisson et lorsque Lucie lui fit remarquer qu'ils n'avaient pas d'argent, le jeune homme se tourna vers moi, au grand dam de sa timide cousine. Ayant persuadé la petite que ça me faisait plaisir, j'invitai Cyrille à nous mener au marchand de poisson le plus proche et me tournai vers mon hôte taciturne que nous n'avions pas encore consulté. D'un signe de tête, il nous communiqua son accord et, bientôt, nous nous retrouvâmes autour d'un petit feu, à déguster daurades grillées, cassave et jus de pamplemousse en échangeant souvenirs et anecdotes jusqu'au coucher du jour.

— Et vous, monsieur ; vous n'avez rien à nous raconter ? risqua Lucie, grisée par sa propre hilarité.

— Mes histoires sont beaucoup trop sinistres pour te plaire, petite, répondit-il sur un ton si profondément amer qu'il nous imposa le silence.

---

* « Me voilà ! »

Il y eut un temps mort puis, un peu comme s'il regrettait d'avoir par sa solennité gâté notre petite soirée, l'homme se proposa de «tirer» un conte.

— Bonne idée! m'empressai-je d'approuver, espérant sincèrement qu'il réussisse à détendre l'atmosphère. Et vous les jeunes, ça vous plairait?

— Oui, bien sûr, firent les adolescents, sans conviction.

L'homme déposa son assiette de côté et adopta une nouvelle position. Les flammes orangées esquissaient des lueurs inquiétantes sur son visage lorsqu'il lança le traditionnel «*Cric... ?* »

— *Crac!* répondîmes en chœur Cyrille, Lucie et moi.

— *Voilà: c'est une jeune fille dénommée Marina que sa mère, une vieille veuve aveugle, envoyait tous les jours à la rivière au fond du bois cerclant le village, pour faire la lessive et chercher de l'eau. Un jour où une chaleur torride avait évaporé presque la moitié de la rivière — Marina tordait le linge mais n'avait pas encore empli sa cruche —, la jeune fille entendit des gémissements, quelque part tout près. Cherchant l'origine de ces plaintes, elle trouva un homme nu, empêtré dans la vase sur la berge.*

— *De l'eau, réclamait cet homme. De l'eau, par pitié...*

La jeune Marina se hâta de lui apporter un godet plein du précieux liquide. Mais, chose étrange, au lieu d'en ingurgiter le contenu, l'homme se versa le godet sur le corps et, du coup, trouva la force de s'arracher à son piège boueux pour se jeter à l'eau avec la grâce d'un dauphin. «Grâces soient rendues aux géniteurs de cet ange qui m'a tiré de ma détresse ! » déclama l'homme en éclaboussant Marina avec espièglerie.

— Je peux toujours transmettre vos salutations à ma mère, étranger, répondit la jeune fille. Pour ce qui est de mon père, c'est plus difficile. Je ne l'ai pas connu...

— Au moins, dis-moi le nom qu'il a laissé à l'ange à qui je dois mon salut, que je le chante en louanges ?

— Mon nom est Marina. Et le vôtre ?

— Marina : un ange marin ? C'est d'autant plus intéressant ! Mon nom à moi, il y a trop longtemps que je ne l'ai entendu pour m'en souvenir. Mais mes amis m'ont surnommé Jolibois pour une raison que tu es sans doute trop jeune pour comprendre.

— Alors, expliquez-moi...

L'homme eut un sourire grivois, éclaboussa la jeune fille à nouveau puis, au moment où il s'apprêtait à reprendre la parole, des remous dans l'eau le firent subitement changer d'humeur. « Hé, vous ne m'avez toujours pas répondu... ? » s'écria la jeune fille en le voyant s'éloigner à contre-courant.

— Peut-être une prochaine fois, fit-il en jetant des coups d'œil furtifs vers les turbulences.

Et sur ce, il disparut au bout de la rivière. Interloquée, Marina finit de ramasser le linge propre, emplit sa cruche et prit le chemin du village.

Arrivée chez elle, la jeune fille ne glissa pas le moindre mot de son aventure à sa mère et se coucha de bonne heure. Le lendemain, elle se leva de grand matin et retourna à la rivière dans l'espoir d'y revoir Jolibois.

Jolibois était au rendez-vous, bien sûr, ce jour-là comme tous les autres qui suivirent. Durant une semaine, Marina partit tous les matins vers sept heures et passa ses journées étendue sur le rivage, à écouter cet étranger taquin et rigolo lui raconter toutes sortes d'histoires sur toutes sortes de rivières dans des contrées lointaines et imaginaires — sans jamais cependant lui expliquer son surnom.

Et bien vite, les rumeurs que la jeune Marina s'était trouvé un ménage* allèrent bon train dans le village.

— Dis-moi, ma fille, c'est vrai ce qu'on raconte ? s'inquiéta sa vieille mère aveugle. Tu fais la bouzen** dans la forêt ?

— Mais non, maman, je te jure ! se défendit bien Marina.

La mère, bien qu'aveugle, voyait très bien en sa fille mais elle n'insista pas, peut-être de peur d'apprendre une vérité qu'elle redoutait. Et Marina continua à fréquenter son beau Jolibois dont elle s'était bel et bien amourachée.

— Dis, pourquoi tes amis t'ont-ils surnommé Jolibois ? lui demanda-t-elle pour la énième fois.

— Tu ne le sais pas ?

— Non. Allez, dis-le moi...

Après avoir jeté de tous côtés des regards inquiets, Jolibois l'invita pour la première fois à le rejoindre dans la rivière en lui promettant l'explication demandée.

Marina hésita un moment. Voyant qu'elle ne se décidait pas, Jolibois fit mine de s'éloigner à contre-courant. « Attends-moi, Jolibois ! » cria-t-elle, mais il ne l'écoutait pas.

Elle se jeta à l'eau dans son sillage. Jolibois se laissa rattraper puis prit Marina par la taille et nagea avec elle en faisant des ronds dans l'eau. Encore, elle lui

---

* Un amoureux.
** Fille de mauvaise vie, prostituée.

demanda pourquoi ses amis l'appelaient Jolibois et, avec un sourire concupiscent, il se pressa contre elle, noua les jambes de Marina autour de ses reins pour lui montrer la raison de ce surnom.

Et ils s'aimèrent comme s'aiment les amants dans les rivières au fond des bois.

Lorsqu'ils émergèrent de leur extase, insouciants qu'ils avaient été des remous qui avaient agité l'eau tout au long de leur étreinte, Marina s'aperçut qu'ils étaient encerclés de poissons qui considéraient son amant d'un air vindicatif.

— Tu fraies avec cette fille alors que ses pères et ses frères tuent tes semblables pour se nourrir ? Tu n'es qu'un sale traître, Jolibois !

Et d'un grand coup de machette bien placé — l'histoire ne nous dit pas comment l'animal pouvait manier une machette avec ses nageoires ! —, le chef des poissons décapita Jolibois qui s'affaissa en éclaboussant ses bourreaux et sa bien-aimée de sang épais comme du sirop et salé comme la mer. Son corps étêté se mit à frétiller à la surface de l'eau, cerclé de perles vermeilles, puis il retrouva sa forme originale : celle d'un poisson !

À la tombée de la nuit, la mère, inquiète de ne pas entendre revenir sa fille, envoya ses voisins la chercher dans le bois. Lorsqu'on retrouva Marina sur le rivage, toute nue et sans connaissance, on s'aperçut qu'elle avait perdu la vue. On la reconduisit chez elle et, dès qu'elle eut, entre ses sanglots, exposé les détails de sa triste aventure à sa mère, la vieille se mit à pleurer elle aussi :

— Ah, ma pauvre enfant ! Moi qui croyais que de telles choses ne se reproduiraient plus et que le bois était redevenu sans danger...

— Que voulez-vous dire, ma mère ?

— Maintenant, ma fille, tu sais comment ta pauvre mère est devenue aveugle…

Ainsi, quelques jours plus tard, Marina donna naissance à une jolie petite fille qu'elle se jura de ne jamais envoyer à la rivière au fond du bois pour faire la lessive et chercher de l'eau. Quant à Jolibois, on raconte que ses frères le vendirent à un marchand pour dix pièces d'or et qui sait si l'un des poissons que nous avons achetés aujourd'hui n'était pas justement son cadavre ?

Au sourire pervers qui éclaira le visage du naufragé, je compris qu'il n'avait jamais eu la moindre intention d'alléger l'atmosphère.

Je me tournai alors vers Cyrille et Lucie qui vacillaient entre l'effroi et la nausée.

Tremblotant, le garçon invoqua en bafouillant l'heure tardive comme prétexte à un retour immédiat chez lui et ne tarda pas à entraîner sa cousine dans sa fuite précipitée.

Je restai un long moment à fixer le bouquet de flammes qui rageait dans le vent marin, m'évertuant à réveiller tout mon dégoût et à le canaliser vers cet étranger malveillant.

— Vous avez délibérément terrorisé ces enfants.

— Il fallait qu'ils sachent. La vie est une histoire d'horreur, bien pire que ce petit conte…

— Je vous déteste ! lui crachai-je au visage en me levant brusquement.

Mais quelque chose dans le vent, comme les chuchotements de la mer, me répétait le contraire.

*
* *

J'avais arpenté de long en large ce crépuscule orangé, cherchant ce qui me troublait dans ce petit conte pour finalement y renoncer et retourner au chalet.

Étendu sur mon lit, il lisait à la lueur incertaine de la lanterne quelques feuillets froissés que j'eus toute la misère du monde à reconnaître. Curieusement, je ne me souvenais pas d'avoir, lors de mon départ précipité, emporté ces vestiges de celle que je n'étais plus. Résistant à mon envie de les lui arracher des mains, de lui hurler de sortir au plus vite, je finis par m'asseoir au pied du lit.

— Vous écrivez?

— Parfois, oui. De moins en moins.

— Pourquoi?

— Quand j'étais plus jeune, je m'imaginais pouvoir changer le monde avec ces poèmes...

Son regard perçant semblait demander : *et maintenant ?* « J'ai perdu la foi, je suppose... »

— Peut-être que vous vous êtes rendu compte que ça ne sert à rien d'écrire dans un monde qui souffre, dit-il en laissant tomber les feuillets.

— Peut-être, oui, acquiesçai-je en baissant les yeux, d'autant plus honteuse que je n'étais pas tout à fait certaine que tel avait vraiment été mon motif.

Une pause. Puis, spontanément, à croire que c'était tout à fait naturel, je m'étendis sur le lit à ses côtés et m'ouvris à lui. Comme ça, sans raison, sans aucune garantie de son silence, je lui livrai mes secrets les plus intimes.

Je lui parlai du spectre d'amour qui partageait avec moi un lit aride où nous avions fait naufrage. De l'enfant aux yeux pers qui demandait plus de tendresse qu'il n'en subsistait dans mon cœur. De ces presque humains qui s'agrippaient à moi jusque dans mes rêves pour obtenir un salut que je ne pouvais leur garantir. Et de l'impuissance nauséeuse qui s'était inoculée en moi le jour où j'avais pris conscience de la vanité de l'existence.

Lentement, inexorablement, la nuit tombait et je lui confiais tout ça, sans pudeur, à croire qu'il eût été non pas un étranger sur un rivage indifférent mais un ami très cher, enfin retrouvé. Et il m'écoutait, sans un mot, avec toute l'attention, la compréhension qu'appelait mon ton.

Lorsque finalement je me tus, je m'aperçus que, du silence de la nuit, venait de monter en moi un instant fugitif de paix véritable, le premier depuis des années.

L'aube enfilait alors ses lueurs à travers le maigre rideau. Mon compagnon se redressa sur le lit et prit une pose importante qui évoqua dans ma tête un *houngan** sur le point de révéler aux fidèles rassemblés dans son temple quelque secret des dieux. À son tour, il se mit à parler, si bas que je dus faire des efforts surhumains pour distinguer ses murmures de ceux de la mer.

— Je ne connaissais pas le tiers des gens qui étaient avec nous… C'était au début décembre. Ma femme et moi nous remettions à peine de la perte de notre bout de terre, que s'était approprié un macoute du coin auquel Adeline avait refusé ses faveurs. Nous étions retournés vivre chez sa mère, dans une cabane déjà trop petite pour ses six occupants. La récolte avait été lamentable et ce que le macoute nous payait pour travailler sur notre propre terre n'était évidemment pas suffisant pour vivre ; il fallait toujours garder un œil sur les enfants pour les empêcher de manger de la terre…

« C'est Jadotte, le cousin d'Adeline, qui a eu l'idée ; nous étions tous trop désespérés pour nous apercevoir de

---

* Prêtre *vodou*, mage.

la folie de son projet. Tous, sauf Adeline qui a pourtant essayé de nous faire comprendre que la barque était trop petite, trop fragile pour cinquante personnes ; que même si nous ne faisions pas naufrage à la première vague, la garde côtière américaine nous ramènerait dans les griffes des macoutes qui nous tortureraient pour avoir tenté de fuir le pays. En un sens, nous savions qu'elle avait raison — nous le *savions*, tonnerre ! — mais nous étions tous trop affamés, trop assoiffés pour l'écouter.

« Les plages de Miami n'étaient encore qu'un songe imprécis lorsque les premières bourrasques se levèrent. La tempête, malveillant rapace, balayait la mer à grands coups d'ailes et ballottait impitoyablement notre barque en tous sens. Jamais un seul instant je n'eus le moindre espoir de m'en tirer et pourtant je m'agrippai à un bout de coque, tentai de retenir Adeline qui mêlait ses cris à ceux du vent, mais la tempête, vorace, insatiable, ne se relâcha qu'après avoir gobé tous mes compagnons… »

Ici, l'homme baissa la tête et serra ses tempes entre ses poings. « Je ne me souviens plus très bien du reste… Je ne sais pas combien de temps j'ai dérivé, accroché à ma bouée de fortune… Je ne comprends même pas comment j'ai pu survivre aux requins, à la faim, à la soif… Je me rappelle vaguement une brume de rêve que j'ai pris pour l'enfer, un nuage pourpre, vibrant de cris de mort, puis votre visage penché sur le mien…

« Je ne connaissais pas le tiers des gens qui étaient avec nous, foutre ! Et maintenant, leurs voix résonnent dans ma tête. Vous ne les entendez pas, sans doute : elles résonnent pourtant dans ma tête, confuses, indistinctes, mais assez fort pour la faire éclater ! »

Il releva la tête, avala sa salive puis éclata en sanglots.

Je l'observai, impuissante et peut-être vaguement incommodée à l'idée de regarder un homme pleurer. Au bout d'un moment, je le pris dans mes bras, le serrai contre moi comme un petit enfant en lui murmurant des mots de réconfort vides de sens. Et devant l'impossibilité de consoler avec ces formules toutes faites, mes lèvres cherchèrent les siennes.

Nous fîmes l'amour doucement, tout doucement, selon une cadence naturelle, vieille comme le monde et pourtant connue de nous seuls et des vagues, cadence d'infinie beauté qui défia les ténèbres pour accoucher du jour nouveau.

*

* *

À mon réveil, vers deux heures de l'après-midi, je le trouvai grimpé sur un rocher plat à quelques pas du chalet, immobile comme une statue de sirène. À ses pieds, de jeunes enfants s'amusaient dans le sable ; en me voyant approcher, ils me lancèrent l'inévitable « *Ban nou kèk kob non, madanm !** » auquel je ne sus répondre qu'en palpant mes poches vides, avec un air désolé.

— Ils n'ont pas vraiment faim, pas encore ; ils vous l'ont demandé parce que vous avez l'air d'une touriste…

— Étrangère partout même chez moi, grimaçai-je en m'appuyant contre lui.

— C'est ça l'exil, répondit-il froidement.

Il tourna son regard vers les vagues et son silence, effilé tel une lame de rasoir, me fit comprendre que l'in-

---

* « Donnez-nous donc un peu d'argent, madame ! »

terlude de sérénité inespérée de la nuit dernière n'était pas fait pour durer. Je me détachai un peu.

La mer étendait à perte de vue son tumultueux tramé de dentelle, de turquoise et d'éclats lumineux.

— J'avais pensé faire un saut en ville, prendre un bain de foule ; ça nous changerait les idées…

— Il y a eu du grabuge, ce matin, dans la capitale ; les militaires ont tiré pour disperser une foule de manifestants. Sept morts ; des adolescents. Et vous ne les avez pas entendus, je parie…

J'hésitai avant de répondre, de peur qu'il ne s'excite.

— Vous avez entendu ça à la radio ?

Il se mit à ricaner, d'un rire sourd et grave qui semblait résonner dans tout son corps, comme le ronronnement d'un chat.

— Vous n'avez pas de radio ici, souvenez-vous ; vous êtes réfugiée sur cette plage pour vous isoler du monde, *vous changer les idées…*

— Pourquoi prenez-vous ce ton ? Je croyais que nous…

— Vous croyiez quoi ? On a fait l'amour cette nuit mais ça change quoi ? Le monde continue à gémir et vous, vous et tous les autres, ne l'entendez pas… Cette nuit, je vous ai aimée, oui, autant que j'ai pu aimer mon Adeline, peut-être davantage car j'étais seul et j'avais d'autant plus besoin de me sentir vivant ; mais Adeline est morte et, quelque part, mes enfants attendent que je revienne les chercher pour les amener dans une nouvelle maison aux États-Unis, loin de la misère et des macoutes qui tirent à bout portant sur leurs cousins dans la rue. Comment voulez-vous me changer les idées alors qu'*ils* sont là, dans ma tête, à me supplier de les entendre, de souffrir avec eux ?

159

Je ne répondis rien cette fois, sans doute parce qu'il n'y avait rien à répondre.

Au bout d'un moment, il se leva, sans un regard pour moi, et partit en direction du chalet, en murmurant : « Vaudrait mieux rentrer. Il va y avoir tempête… »

*
* *

Des troupes de nuages d'encre, issus de par-delà l'horizon, avaient pris d'assaut le soleil, occupaient désormais toute la voûte et la mer, comme une bête affamée, s'impatientant dans l'attente du déchaînement qui se préparait. Des tempêtes tropicales et des cyclones, j'en avais connu des dizaines au cours de mon enfance ; pourtant, cet orage me semblait différent, plus sinistre, pour des raisons que je refusais de m'avouer. Un peu plus tôt, le vieux Diogène avait envoyé son fils s'assurer que je n'avais besoin de rien et même me proposer de venir attendre la fin de la tempête chez eux, mais, réticente à laisser mon hôte seul, j'avais dû décliner l'invitation.

J'avais préparé du thé au girofle ; j'en offris une tasse à mon pensionnaire qui refusa d'un signe de tête. Assis dans son coin, il serrait sa tête entre ses poings dans un effort désespéré pour faire taire ces échos imaginaires.

— Assez, avec vos hallucinations ! finis-je par m'énerver, tant son silence m'asphyxiait.

Il n'en appuya ses poings sur ses oreilles qu'avec plus de force. Dehors, le vent, hurleur, s'était mis à balayer la plage de sa fureur aveugle et ses rafales impitoyables faisaient grincer et tituber le chalet.

— Vous ne les entendez pas ? Les étudiants de ce matin, ma femme, mes compagnons d'infortune. Tous, ils hurlent pour qu'on les entende ! Dans ma tête, *ils* sont là !

— Oui, *dans votre tête* ! hurlai-je en tirant sur ses poignets pour découvrir ses oreilles. Nulle part ailleurs, tonnerre ! Vous avez vécu une expérience traumatisante, d'accord, mais il vous reste tout de même assez de bon sens pour savoir que les morts n'ont pas de voix…

— Vous n'en savez rien ! Vous êtes comme ces bureaucrates qui promettent à longueur de journée de la nourriture, de l'eau potable, des soins médicaux, des réformes agraires — le paradis, quoi ! Vous n'entendez pas !

La tempête, furieuse, arracha les volets d'un des châssis, se resserrant sur le fragile chalet comme un étau. Dehors, la mer mugissait si fort que nous devions hurler pour nous entendre.

— Vous non plus, merde ! C'est votre imagination…

— Non ! s'époumona-t-il au moment même où le vent arrachait la porte de ses gonds.

Il me repoussa et bondit vers la tourmente apocalyptique. Sans une seconde d'hésitation, je me précipitai à sa suite dans la gueule de l'enfer, trébuchant dans le sable trempé et boueux, m'efforçant de le rattraper avant que la mer ne l'avale.

À genoux au milieu des vagues, il se frappa le crâne avec une grosse roche, une fois, deux fois, et j'eus juste le temps de m'interposer avant qu'il se frappe une troisième fois. « Laissez-moi ! Vous ne comprenez pas : je pouvais toujours endurer Adeline et mes compagnons mais ces autres voix se sont ajoutées à l'approche de la tempête ! Il faut que je les fasse sortir ! »

— Vous êtes fou ! protestais-je en luttant pour lui arracher la roche des mains.

Je luttais en vain, bien sûr — il était beaucoup plus fort que moi. Il réussit à s'asséner un nouveau coup au front. Sous l'impact, son crâne se fêla comme une noix de coco ; l'homme tomba à la renverse et, soudain, je m'aperçus que les plaies effacées réapparaissaient progressivement sur tout son corps.

Affolée, je voulus reculer ; mais, comme la première fois, il saisit mon bras et me tira violemment vers lui.

— *Ou pa tande yo ?* me demanda-t-il, alors que la tempête m'emplissait l'esprit de son rugissement sauvage.

Encore, je tentai de me dégager ; même mourant, il avait une poigne de fer. Levant les yeux vers la blessure à son front, ouverte comme une paire de lèvres sanguinolentes, je vis la buée pourpre qui s'en échappait.

En proie à l'ivresse, je fermai les yeux et entendis. Clairement. Distinctement. Les voix de tous ces compatriotes qui avaient péri en mer, noyés dans leurs propres rêves d'une Amérique paradisiaque ou dans les cales des négriers ; les voix des enfants morts de faim ; et aussi celles des victimes des coups de machettes de tous les dictateurs du monde, des fours crématoires, des chambres à gaz, des bombes atomiques...

Mon esprit tournoyait au cœur de ces vapeurs pourpres où tempêtaient les voix de tous les morts absurdes et oubliés de la création, unies dans une intolérable symphonie de lamentations.

En vain, je tentai de rouvrir les yeux, de me raccrocher à la conscience, mais je fus engouffrée par le néant.

*
* *

C'est Cyrille qui me retrouva le lendemain sur la plage, inconsciente comme la jeune fille du conte. Seule, bien sûr.

Au bout de quelques semaines, je dus rentrer à New York. Retourner à mon mari, à ma fille, à cet hôpital et à cette vie insensée qui me colle à la peau comme si elle était mienne, sans jamais avoir retrouvé trace de l'étranger tiré des eaux. Je n'ai évidemment jamais reparlé de lui à Cyrille ou à son père, de peur qu'ils ne me demandent à quel naufragé je faisais allusion.

D'ailleurs, les soirs comme aujourd'hui, quand je ne me souviens de son visage qu'à grand-peine, je me mets moi-même à douter qu'il ait jamais existé. C'est comme ça, on est très prompt à oublier ces gens-là ; ils sont les vagues qui viennent agoniser dans un doux murmure sur le sable, emportant avec eux dans l'oubli les secrets tatoués sur la chair de la plage.

N'empêche que les soirs comme ce soir, lorsque l'hiver me glace jusqu'à l'âme, je crois bien les entendre, ces voix indistinctes. Alors je me demande combien de temps encore je pourrai tenir avant de devenir complètement folle…

Et vous, dites-moi : *ou pa tande yo ?*

Sainte-Foy, octobre 1987

Certaines des nouvelles recueillies dans ce volume ont fait l'objet de publications antérieures, sous une forme parfois légèrement différente. Il s'agit de : « La plage des songes », Solaris *78, mars-avril 1988 ;* « En prime avec ce coffret ! », Humanitas *20-21, octobre 1987 ;* « La bouche d'ombre », *L'Écrit primal 6, printemps 1988 ;* « Le syndrome Kafka », *Mœbius 37, automne 1988 ; et enfin* « Ban mwen yon ti-bo » *simultanément dans* Antarès *27 (automne 1987) et* Meilleur avant : 31/12/99 *(Le Palindrome, Québec, 1987).*

La nouvelle « La bouche d'ombre » *a été reprise en version anglaise sous le titre* « The Devil's Maw » *dans l'anthologie* Ancestral House *(Westview, New York, 1995).*

Bibliographie

Œuvres

En littérature générale

Zombi Blues, Montréal, La courte échelle, 1996, 288 p.

Sombres allées, Montréal, Éditions du CIDIHCA, 1992, 214 p.

Le tumulte de mon sang, Montréal, Québec/Amérique, 1991, 176 p. (Prix littéraire de la BCP du Saguenay-Lac Saint-Jean.)

La plage des songes, Montréal, Éditions du CIDIHCA, 1988, 169 p.

Pour la jeunesse

Un petit garçon qui avait peur de tout et de rien, Montréal, La courte échelle, 1998, 24 p.

Quand la bête est humaine, Montréal, La courte échelle, 1997, 156 p.

L'appel des loups, Montréal, La courte échelle, 1997, 160 p.

Treize pas vers l'inconnu, Saint-Laurent, Éditions Pierre Tisseyre, 1996, 183 p.

L'automne sauvage, Montréal, Éditions du Trécarré, 1995, 12 p.

La mémoire ensanglantée, Montréal, La courte échelle, 1994, 160 p.

L'emprise de la nuit, Montréal, La courte échelle, 1993, 160 p.

Le temps s'enfuit, Montréal, La courte échelle (à paraître).

Collectifs et anthologies

Compère Jacques Soleil, Montréal/Port-au-Prince, Planète Rebelle/Mémoire, 1998, 117 p.

Ancestral House. The Black Short Story in the Americas and Europe, New York, Westview, 1995.

Québec. Des écrivains dans la ville, Québec, L'instant même / Musée du Québec, 1995, 175 p.

Coup de foudre, Montréal, Le Devoir / XYZ, 1993, 92 p.

Meurtres à Québec, Québec, L'instant même, 1993, 133 p.

Évasion, Montréal, STOP, 1992, 202 p.

Solitude des autres, Montréal, Éditions Logiques, 1992.

Complicités, Montréal, PAJE / STOP, 1991, 143 p.

Québec Kaléidoscope, Montréal, PAJE, 1991, 105 p.

Les enfants d'Énéïde. Anthologie de SF et de fantastique québécois, Bruxelles, Phénix, 1989.

L'horreur est humaine, Québec, Le Palindrome, 1989, 252 p.

Meilleur avant : 31/12/99, Québec, Le Palindrome, 1987, 285 p.

Études

BOIVIN, J.-R., « Et si les morts avaient une voix, l'enten-
driez-vous ? », *Le Devoir*, 4 février 1989, p. D3.

CORNELLIER, L., « Le jour étêté », suivi de BORDELEAU,
F., « Haïti presque par hasard », *Le Devoir*, 23 décembre 1991, p. D3.

FORTIER, C., « Stanley Péan : maîtriser le monde avec sa
plume », *Filles d'aujourd'hui*, vol. 18, n° 3, janvier
1998, p. 60-62.

FRANÇOIS, Y.-G., « Le Blues de Péan Stan », *Éqoh du
Futur*, vol. 1, n° 6, avril 1996, p. 3-7.

LORD, M., « L'Ailleurs est ici », *Lettres québécoises*,
n° 66, été 1992, p. 24-25.

MORISSET, J.-M., « L'exil fantastique », *Chemins criti-
ques*, vol. 1, n° 1, mars 1989, p. 129-132.

OLIVIER, N., « Stanley Péan : l'œuvre au noir », *Lettres
québécoises*, n° 90, été 1998, p. 8-10.

ROY, L., « Inspiré du pays natal, du mystère et de la
magie du vaudou », *La Presse*, 8 décembre 1991,
p. C3.

ROY, M., « De quoi tu nous parles, Stan ? », *La Presse,*
4 février 1996, p. B1.

THISDALE, M., « Nostalgies haïtiennes », *XYZ*, n° 20,
hiver 1989, p. 90-91.

TREMBLAY, F., « Stanley Péan : le sang qui cogne », *Voir
Québec*, 22 février 1996, p. 9.

VALLERAND, M., « Portrait : Stanley Péan », *Québec
français*, n° 90, été 1993, p. 130.

VOISARD, A.-M., « La littérature : la seule patrie de Stanley Péan », *Le Soleil*, 23 décembre 1991, p. A13.

—— , « Cool jazz », *Le Soleil*, 4 février 1996, p. A14.

Table

BIBLIOTHÈQUE QUÉBÉCOISE

Jean-Pierre April
Chocs baroques

Hubert Aquin
Journal 1948-1971
L'antiphonaire
Trou de mémoire
Mélanges littéraires I.
   Profession : écrivain
Mélanges littéraires II.
   Comprendre dangereusement
Point de fuite
Prochain épisode
Neige noire
Récits et nouvelles. Tout est miroir

Bernard Assiniwi
Faites votre vin vous-même

Philippe Aubert de Gaspé fils
L'influence d'un livre

Philippe Aubert de Gaspé
Les anciens Canadiens

Noël Audet
Quand la voile faseille

François Barcelo
La tribu

Honoré Beaugrand
La chasse-galerie

Arsène Bessette
Le débutant

Marie-Claire Blais
L'exilé suivi de Les voyageurs sacrés

Jean de Brébeuf
Écrits en Huronie

Jacques Brossard
Le métamorfaux

Nicole Brossard
À tout regard

Gaëtan Brulotte
Le surveillant

Arthur Buies
Anthologie

André Carpentier
L'aigle volera à travers le soleil
Rue Saint-Denis

Denys Chabot
L'Eldorado dans les glaces

Robert Charbonneau
La France et nous

Lionel Groulx
Notre grande aventure
Une anthologie

Germaine Guèvremont
Le Survenant
Marie-Didace

Pauline Harvey
La ville aux gueux
Encore une partie pour Berri
Le deuxième monopoly des précieux

Anne Hébert
Le torrent
Le temps sauvage suivi de
   La mercière assassinée
   et de *Les invités au procès*

Louis Hémon
Maria Chapdelaine

Suzanne Jacob
La survie

Claude Jasmin
La sablière - Mario
Une duchesse à Ogunquit

Patrice Lacombe
La terre paternelle

Rina Lasnier
Mémoire sans jours

Félix Leclerc
Adagio
Allegro
Andante
Le calepin d'un flâneur
Cent chansons
Dialogues d'hommes et de bêtes

Le fou de l'île
Le hamac dans les voiles
Moi, mes souliers
Pieds nus dans l'aube
Le p'tit bonheur
Sonnez les matines

Michel Lord
Anthologie de la science-fiction
   québécoise contemporaine

Hugh MacLennan
Deux solitudes

Marshall McLuhan
Pour comprendre les médias

Antonine Maillet
Pélagie-la-Charrette
La Sagouine
Les Cordes-de-Bois

André Major
L'hiver au cœur

Gilles Marcotte
Une littérature qui se fait

Guylaine Massoutre
Itinéraires d'Hubert Aquin

Émile Nelligan
Poésies complètes
Nouvelle édition refondue et révisée

Francine Noël
Maryse
Myriam première

Fernand Ouellette
Les actes retrouvés

Madeleine Ouellette-Michalska
La maison Trestler
  ou le 8ᵉ jour d'Amérique

Stanley Péan
La plage des songes

Jacques Poulin
Faites de beaux rêves
Le cœur de la baleine bleue

Jean Provencher
Chronologie du Québec 1534-1995

Marie Provost
Des plantes qui guérissent

Mordecai Richler
L'apprentissage de Duddy Kravitz

Jean Royer
Introduction à la poésie québécoise

Gabriel Sagard
Le grand voyage du pays des Hurons

Fernande Saint-Martin
Les fondements topologiques
  de la peinture
Structures de l'espace pictural

Félix-Antoine Savard
Menaud, maître-draveur

Jacques T.
De l'alcoolisme à la paix
  et à la sérénité

Jules-Paul Tardivel
Pour la patrie

Yves Thériault
Antoine et sa montagne
L'appelante
Ashini
Contes pour un homme seul
L'île introuvable
Kesten
Moi, Pierre Huneau
Le vendeur d'étoiles

Lise Tremblay
L'hiver de pluie

Michel Tremblay
Contes pour buveurs attardés
C't'à ton tour, Laura Cadieux
Des nouvelles d'Édouard
La cité dans l'œuf
La duchesse et le roturier
Le premier quartier de la lune

Pierre Turgeon
Faire sa mort comme faire l'amour
La première personne
Un, deux, trois

Pierre Vadeboncoeur
La ligne du risque

Gilles Vigneault
Entre musique et poésie.
  40 ans de chansons

AGMV MARQUIS

Québec, Canada
1998